さよならの良さ

どくだみちゃんとふしばな8

吉本ばなな

幻冬舎文庫

さよならの良さ

どくだみちゃんとふしばな 8

目次

2020年2月〜3月

体感 12
未来の世界 20
使いたおす 30
わびとさび 37
被害がなければ 44
良い姿 51
1日でいいから 61
季節、TPO、コンセプト 70

2020年4月〜6月

宇宙のしくみ 82
濃くならない 93
裁くのではなく 104
才能 114

健康は健康を呼ぶ 126
超える 137
派手 147
かっこE 156
熱意 166
言い聞かせる 175
異能ただおる 187
叶えてあげる 197
天国と地獄の場所 209

2020年7月〜8月

好きの秘密 220
想像する力（人類最強の力） 234
家事と思想 244
家庭料理は薬 257
センサー 267

ロック魂 277
急に変わることもある 289

本文写真：著者
本文中の著者が写っている写真：井野愛実　田畑浩良

2020年2月～3月

香港のMott32で食べた葱パイ。
人生で食べた中でいちばんおいしかった。
この後香港に行けないコロナ禍に入った。
また絶対行きたい。

体感

◎今日のひとこと

ありがたいことではあるのですが、よく「親ももの書き、姉ももの書き、才能を受け継いでいる、平和な家庭、貧困も知らない、ほんとうに恵まれている」と言われるのです。

が、もしもほんとうにそうだったら、小説家になんて絶対なってないと思います。

私も、別府倫太郎[*1]くんも、山田詠美さんも、村上龍さんも、村上春樹さんも……みんな、なにかどうにもならない欠落があって、現実に耐えられないことがあって、いろいろ考えざるを得なかったからこそ、書くようになっ

空き地の緑

たに決まっているのです。

　みんながみんな「バチェラー・ジャパン」[*2]のシーズン3（今ちょうど観てるから例えに使っちゃうけど）の人みたいないい感じの、親もちゃんとしてよく稼いでるし、愛を持って子どもを育てて、よき社会の一員という感じの家庭に育っていたら（笑）、きっとこの世から芸術家なんて消えてしまうでしょう。ものを創る人はいつも、世界の中でむき出しであるように感じている気がします。

　そうでない人にはそうでない人の困難があり、悩みがあり、深みがありますから（バチェラーも泣いてたし）、他の世界を否定するわけではないのです。

「ママとはちょっとジャンルが違うから、ママの書いているものを僕は必要としないんだなあ」と息子が言ったとき、自分の抱え込んできた育ちのカルマを消せたと思い、ほんとうに嬉しかったです。

　彼は小説を書かなくていい、読まなくてもいい。そういう人生なんだ。なぜなら彼は愛されて育ったし、それを自覚しているから。

「バチェラー」タイプだ（金はないけど、それけっこう大きな要素だけど）！

　と思ったのです。人生に、むき出しではなくぶつかっていける。

　愛されて力を注がれたというしっかりした盾がある。

　でも、かといって私の仕事はまだ終わりません。

　この世にどうしても生まれてくる、運命の試練を味わうむき出しの人たち。その中でも特に私の文章と考えに生きるヒントを感じ惹きつけられる人たち。

その人たちにシェアしていかなくてはいけません。私の研究の道を。私自身によってではなく、書くものによって。

私はただの人間ですし、書けることも限られていますが、それでも小説というものはこの世の全員がそこにいる無意識の闇の世界から立ち上がってくる蓮の花なのです。


そしてこのメルマガは、ルーチンでもなく、小説でもなく。

でも、最前線です。いつも最前線で、そして読みものとしてちらっと読んで忘れてしまうけれど、困ったときに読んだ言葉がふっと表面に上ってくる。そういうものを作っています。

イケメン♡

◎どくだみちゃん

人間の苦しみ

92歳になったおじいちゃんと、宿の同じ部屋で寝る。

たまに息が苦しそうになって、でも、息をしてくれていることが嬉しいと寝ぼけながら思う。

どこか痛いところがあるらしく、たまに「痛い痛い」と寝言を言う。

その声が聞けることを、やはり嬉しく思う。痛くても。

92年間、戦争も伴侶を亡くすことも体験して、いっしょうけんめいただひたすらに生きてきた人生の、今は終盤で。

毎晩呼吸と戦い、日常をなんとかこなし、毎晩痛くて、息子家族は遠くに住んでいて、たまにしかいっしょに眠れない。

それでも、人は、最後まで生きなくてはならない。命のために。

人生ってなんて悲しいものなのだろうと思わずにはいられない。

そういえば、みんなにそう思ったなと思う。こんなに苦しくて、点滴の針だの酸素の管だの、いろいろ刺さった状態でやっと息をしているのが最後の日々なら、人生のなにが報われるんだろうって。

家で眠ったまま死んだ母にも思った。明日の朝も起きてパンを食べるんだなって思っていたのに急に死んじゃったなら、なにが救いなんだろうって。

でもだからこそ、体から解き放たれたあとは、とても楽で幸せで呼吸もしっかりできて、重く引きずる足も、うまく飲み込めない喉も、痛みもないところに行くに決まっている。そうでないと帳尻が合わない。

きっとそうなのだろう。だれもそのことを話してくれないけれど、それが予想。

来世とか川とか光とか花とか、そこまでは期待してない。

でも少なくとも、楽だろうと。

そうだからこそ、昔の人はこう思ったのかもしれないなと思う。

「あんなにいっしょうけんめい生きたこの人がこんなに苦しいなんて、あんまりじゃないですか。せめて光や花やきれいな川とかそういうものを見せてあげてくださいよ」って。

逆に「こんなにひどいこの人が、死んで楽になるなんてひどいじゃないですか。大変な世界に行って、えんま様だの鬼だのに裁かれるといいんだ」って。

臨死体験の人が言うように、多分、あちら側の世界に行くときは時間という概念がなくて、光を見ているのって、死ぬときのほんの一瞬で、でもそれは永遠なんだろうなと思う。楽で、美しくて、ハワイのような甘い風が吹いていて、開けたところ。

ちょうど赤ちゃんがこの世に生まれてくるときみたいに。

だから、苦しくても痛くても、もう少しいっしょにいてくださいと思う。

1日でも1時間でも、いっしょにここにいてくださいって。

私は嫁ではないので、遺産も狙ってないし葬式も行かない。

父子の図

たとえ嫁でも遺産は狙わないけど。だれのお金も狙わない人生だけど。
だからって愛してないわけじゃない。深く深く愛し、学んだ。おじいちゃんも私を深く愛した。嫁としてでも孫の母としてでもなく、人として。そのことだけはだれにも奪えない。
だれがなんと言っても、それは消えない。

◎ふしばな

「ふしばな」は不思議ハンターばな子の略です。毎日の中で不思議に思うことや心動くことを、捕まえては観察し、自分なりに考えていきます。私が書いたら差しさわりがあることだって、私の分身が考えたことであれば問題はないはず。村上龍先生にヤザキがいるように、私には「ばな子」がいる。森博嗣先生に水柿助教授がいるように、私には「有限会社吉本ばなな事務所取締役ばな子」がいる。村上春樹先生にふかえりがいるように、私には「ばなえり」がいる（これは嘘です）！

ホドロフスキー

「エル・トポ」[*3]を観たとき、私はもう大人と言える年齢だったと思う。わけがわからない、変な映画だと思いながらも、強烈に惹きつけられた。全てのシンボルが無秩序ではなく、意味と深みを持ってちゃんとつながりの中に描かれていたので、映像で心を弄ばれる不快感がなかったのだ。

　彼の人生の闘いは、私たち観るものや読むものにも宝石をもたらすものであった。彼の実験の全ては、同胞のためにシェアされた。

その正直さこそが芸術家の魂の美しさなのだと理解したので、私も後をたどっていこうと決めることができた。

　例えば私はカスタネダは信用していないが、ドンファンの教えは信用している。

　そこにはひとつの「解釈」が忍び込んでいる、どうしても。

　私はダスカロスをほんとうに尊敬しているが、その教義は日本に住む私にはどうしても実感できず、かつやはり全てがお弟子さんのフィルターを通った上に翻訳された遠い言葉である。

　しかし、ホドロフスキーは今の時代を生きていて、直接本人が書いている。彼の自伝の一言一句が、私にとって砂に水がしみこむくらいのリアルさで役に立った。

私は単に人生を探求しているのだと思っていたが、それと芸術を作ることがいっしょにできるとわかったことは大きな喜びだった。

だれかが本気で、この世のどこかにいる必要としている人になにかを届けようと思ったら、こんなにもいろんな、年齢や時代や職業や言語の壁を超えて、届くんだと思ったら、ふてくされずにちゃんと書いていこうと心から思った。

この人の文章のすごいところは、読んでいる間体感を持って、実体験をしているようにリアルに読めるのに、あまりにも体感に寄りすぎているので読んだらすぐ忘れてしまうところだ。だからこそ深いところで潜在意識に刻み込まれていて、人生を変容させる。実は、記憶というのは忘れてしまったときにいちばん発揮されるんだと思う。

彼の映画も全く同じだなと気づいた。

私もそういう文章を目指しているので、いっそう精進したいと思う。

こういうアート。思ったより水が汚かった!

未来の世界

◎今日のひとこと

もう寝たきりになってしまった尊敬する元近所のおばあちゃんが、毎日の平凡なことをくりかえせたことがいちばん幸せだった、90すぎてそのことがほんとうにわかった、と言っていました。

風呂を洗う、お湯を入れる、洗濯ものを取り込む、毎日のことはとてもわずらわしいけれど、その中でしかわからないことがあるのです。

そのようなことの中でわかったことだけが、「ほんとうにわかったこと」になっていくのです。

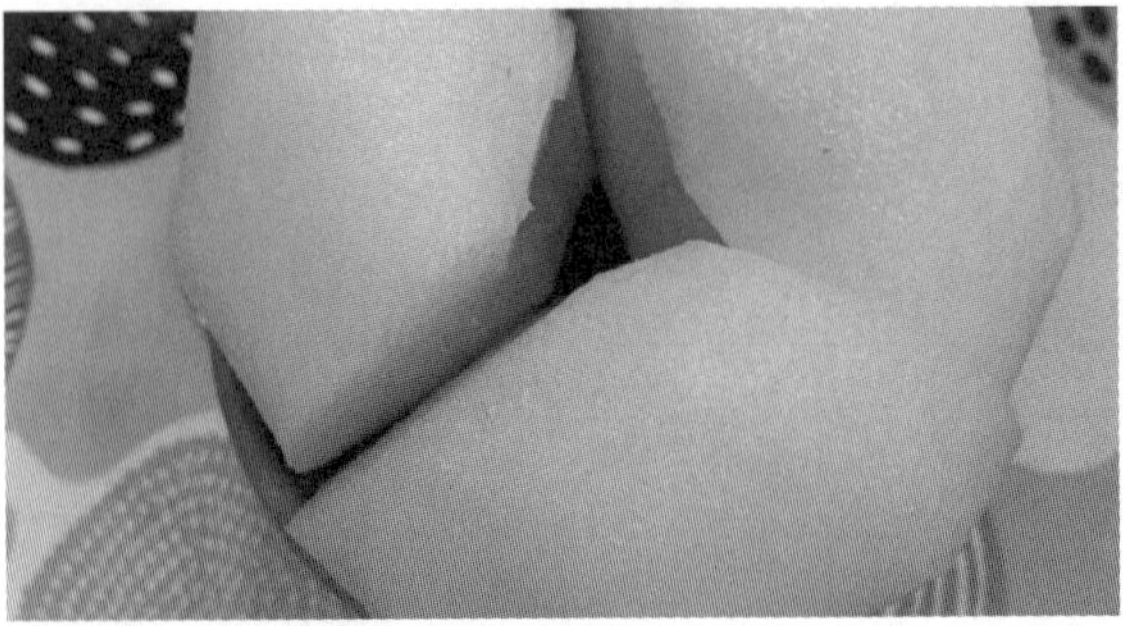

なし

それでも家事はどんどんロボットがやるようになっていくでしょう。洗濯もの、洗いもの、床掃除、たたむことも、買いものも。

人がしなくてはいけないジャンルはどんどん趣味的に極まっていくでしょう。

私はどちらかというとそれを心待ちにしているのですが。

労働ではなく趣味で洗濯ができたら、どんなに楽しいだろうと。

例えば私はまつげエクステの担当のお姉さん[*4]が大好きだし、その技術をものすごくありがたく思っているのですが、きっともう少し未来には、まつげはつけまつげでもなく、手術でもなく、生化学的テクノロジーを使って伸ばすようになるんだろうし。

犬が垂れ流しになっていたとき、そのタオルを家で洗い続けていると他のものが洗えないという事態が生じたので、洗濯を外注してみたことがあります。

確かにそこそこきれいになってたたまれて家の前に配達されてくるんだけれど、よその家のライターが混入していたり、小銭が交じっていたりして、ああ、これってほんとうに今しかない、実に中途半端な時代の代物なんだろうなと思いました。

1回も鍋を火にかけたことがなさそうなバイトの子たちで成り立っている飲食店なんかも、どんどん変化していきそうです。たとえば先日4人でチーズケーキ1個頼んだら小皿は4枚出てきてフォークは1本。思いつかないってそういうことなんだろうなと思います。

でもバイトの人はサービスに特化すれば、また良くなっていくかも（今のところのぞみは薄い。多分育った環境であまり親が炊事をしていない。その点、地方の大勢でいつも食事している家の人はいろんな年齢層に強いし、気配りができる）。

海外でチップをもらうような人たちは、目配りがすごい。

逆にサービスがてきと〜な店は安ければがまんできます。

つまり今の東京では価格1万円の店で、夕ヒチの観光客相手の安カフェのようなサービスを受けてるということなので、お客さんは丸損。店を選んだほうがいい。過渡期というか衰退期です。

犬の散歩とかベビーシッターはけっこう長い間人間の手が必要そうです。でも、ベビーカーはかなりのところまでサポートしてくれるようになっていきそう。介護や入院でのお風呂とおしめ交換は意外に早くロボットの手が入りそうですし。

一回転して人間味がなくなった世界で生まれてくる真の人間味までの道筋、見る前に私はこの世を去るのだろうと思うのですが、とにかく楽しみでしかたがありません。

機械が補っているのは、当時の人々の持っていた人間力。それは間違いないです。しかしなくなってしまったものをただ懐かしむより、その時代を味わえたことのほうを大切に思います。なくなってしまったものを鍛えるより、別の形でそれがまた生まれてくる瞬間が見たいのです。

そして、いい面だけが美化されがちだけれ

ど、昔のすばらしい人はとてつもなく、想像の中のネイティブアメリカン以上に知力体力判断力知恵全てがすばらしかったけれど、昔のダメな人が想像を絶する、命に関わるダメさ迷惑さ恐ろしさだったことも、私は忘れられません。きっとこの世にあるものの分量ってそうそう変化しないのです。それが宇宙の秩序というか。

まあ、小さい頃に当然のように映画やアニメで観ていた「エアカー」はまだないし、セグウェイも意外に道を走ってないし、そういうものってどこから先に普及してくるのかなと思うとわくわくします。

昔ながらの暮らしが好きな人って、どの時代にも一定数必ずいる。それはもしかしたら前世とかそういうイメージで説明できるのかもしれないし、個々の趣味の問題だと思うのです。

ただ、私はせっかく時代が移っていくのなら、新しいものや面白いものが見たい。経済的にきつくないのなら、昔ながらの冷たい便座にカバーがかかったものよりも、いつも温かいのがいい。

なにせ痰壷とか汲み取り便所なんていう代物があった時代からタイムスリップしてきてますからね〜、私は。

結核になったら死ぬか背中をばっさり切るレベルの医学の世界にいましたからね〜。

昭和は懐かしいけれど、そこには戻りたくないわ〜！

と言いながら、シャルル・ドゴール空港の

トトロのシュークリーム

チューブみたいなのの中を移動すると、「未来社会だ！」とつい思ってしまう自分のレトロ感覚もだいじにしてるんですけれどね。

◎どくだみちゃん

失ったもの

失ったものというのは、いつのまにか失ったものでも、ある日を境に死などによって奪われたものでも、とにかくもう触れないのである。

そこに立っていた木、あたりまえにもいだ果実。

そういうものも、面影がまるで目の前に生々しく展開するくらいに、枝の先に触れるほどにリアルに思い描けても、もう二度とは出現しないのだ。

小さい頃から、それを不思議に思っていた。あまりに不思議で、小説家になったくらいに。

人間の営みの全てが、その悲しみ悼みの解消に向かっていると言っても過言ではないだろう。

安全でありたい、平和でありたい、平和であるならそれを続けたい。それは欲というよりは祈りとか願いなのであろう。

その中で生まれる全てのドラマが、人類のドラマなのだろう。

解消される未来があるのかないのか、それで人類の個性が奪われるのか形を変えて残るのか、それはまだだれにもわからない。

ただ、全てひっくるめて、それは宇宙の中にある。限りないドラマが毎日無数に生まれ、形を変えてエネルギーとなってめぐっている。

それを御するのではなく、その中で最も効率的に美しく解決を目指すこと。

その模様を美しいと眺めるまなざしがもしあるとしたら、それが神なのかもしれない。個々の中にモバイルで入っている神も含めて。

小さな子といる夢を見る。毎日いっしょに寝て、くっついて、24時間かかわったのに、目が覚めるともうどこにもいない。淋しくて家の中を探してみると、でかい生きものに変貌している。愛おしくないわけではない、でももうあの小さい子には二度と会えない。

しかしその変化はただ悲しいだけではなく

て、この世でいちばん美しいものを秘めている。

今はまだ理解できていないが、きっと死だって同じものなのだろう。

宇宙は知っている。

変化こそ、流れこそ、その秩序こそが美であり真実であると。

人間はそこに絶えず挑戦しているが、それは征服のためにではなく、美しさにより近づくためなんだと思うのだ。

モザイク小屋

◎ふしばな　人生を決めていくもの

人はみな、人生を自分で決めていると思っている。

そしてそれは半分くらいは合っていると思う。

しかし、残りの半分は自由に変えられるものではなく、「ひとつを決めたら環境や流れで自動的に決まってしまうもの」なのである。

その認識が間違っているから、よけいにモメるんじゃないかなと思う。

たとえば、ここにものすごく清潔なお鮨やさんがあるとしよう。東京の人は「匠○○」とか「すぎた」とか、そのレベルを思い浮かべてもらえれば間違いない。ひとりおよそ2万円くらいかかるお店。

そこでは大将の徹底した指導により、掃除はもちろん、時間を守ることへの徹底しかた、お茶の濃度、グラスの透明度、接客、声の出し方全ての基準が高いとする。街のお鮨やさんや、カウンターのはじっこにちょっとした私物が置いてある店とか、自分でお醤油を小皿に入れるとか、回転してるとか、そういうレベルでは全くないとする。

この場合の「レベルが高い」は味ももちろん、価格と味が見合っている度合いのことなので、決して劣っているという意味ではない。ニーズやゾーンが違うということである。

さて、その名店の大将に憧れて修業に入るとする。

その若者が決めたことは、たったひとつなはず。

修業先の鮨屋、そこでの生活態度、それだけなはずだ。

しかしもし彼が家では何ヶ月も洗ってないジャージを着て、ずっと寝転んでゲームをやって、自分のまわりにはポテトチップのカスだとかゴミ箱から溢れたゴミだとかが散乱していて、ベッドのシーツはドロドロ、換気もしてない部屋に住んでいたとしたら、出勤してから仕事開始にたどりつくまでの行動と心のハードルは、ふだんから整理整頓して清潔を保ち、所作もきびきびしている人に比べたら当然すごく高くなるだろう。

さらに、彼が伴侶を決めるにあたり、もし も近所の行きつけのスナックの年上のママ、お店で飲んではドロドロの二日酔いで寝坊して、カウンターの上にピップエレキバンが置いてあるような人を選んだら、それまた仕事に遅刻しやすくなったり、清潔感が消えたり、香水の匂いが移ったりして、出勤へのハードルはもっと高くなるか、完全にアウトになるだろう。


これが何を意味しているかというと、彼は一点の憧れで就職先を選んだだけなのに、人生全般をある程度選んでしまったことになるということだ。

私たちの人生は、だいたいこうやって決まっていくのだと思う。


ハードルが高いまま、あくまで私生活は私生活と全く違う世界をがんばっている人も中にはいるだろう。しかしその消耗はやがてとりかえしがつかないほどにたまっていくのではないだろうか。

ヴィーガンの夫、でも自分はふつうに肉も食べるから、ランチだけはハンバーグを食べるんだ、この程度ならなんとかなると思う。

しかしTVに肉が映ってもチャンネルを変えるレベルの相手だと、次第に生活には問題が出てくるだろう。


仕事や伴侶や住む場所や……そんなものを選んだだけで、残りの半分は決まってくる。

そのことに、なぜ人は気づかないのだろう？　と思う。

その中でも変わらない自分を大切に育てる、

それしかないのに。

なので、最初に心の中と生活の形が一致していること、環境を本格的に選ぶときにはその全部を見渡すことが、きっと消耗しないで流れていける秘訣なのだろう。

あじ

使いたおす

◎今日のひとこと

うちの子どものiPadやiPhoneの使い倒し方といったら、もう、Appleもびっくりだと思うのです。

最後の最後まで使い切ってから、息絶えて割れてただの板になってるくらいのレベルでした。

私はここまでなにかを使い倒したことがあるだろうか？　と毎回本気で反省するくらいです。

これ以上メモリを使うと重くなって遅くなるのでは？　とか、こんな怪しいアプリを入れたらウィルスに感染するのでは？　とか、

那須の夕空

アルバム全部をダウンロードしたら聴ききれないのでは？　とか、そういう自分の保険的な考え方を見直さざるをえない気持ちにいつもなります。

　あそこまで使い切ったら、大金を出して次のバージョンを買うときも全くもやもやしないと思います。


　私には、いつもある場所や人に思い入れそうになると俯瞰してバランスを取る臆病なところがあるのですが、使い倒し男子の渋谷は渋谷、バイト仲間は100％バイト仲間だから遊びまくって、その場にいるときは全部味わって、後のこと（こんなに本気でその場所で過ごしたら離れるとき切なくなってしまう、だから他の世界も持っていないとな、みたいな）を考えてバランスを取ったりしない。性差もあるかもしれないし、トラウマが少ないからかもしれない。こういうことってほんとうにあるんだなあとしみじみ思いました。

　今を生きるって、スピリチュアル的なことではなくて、そういうことなのかもしれないです。

　それができるように育てた自分を（いつも先の心配をして手元のものが使い切れないような不安を持っていないことを）、安心を与えられた（経済的な意味ではない）ことを、少し評価しようと素直に思いました。

　そして人生折り返しとなっている自分も、今より少しでも、今を使い切る方向性にシフトしていけたらなあ、そう思うようになりました。

SAで見た飾り

◎どくだみちゃん

夢のように豊かな海

書き残してあげることしかできないなと思って、書く。

現実の話だと思うと、さしさわりがあるかもしれないから、みんな架空の話として。

タクシーに乗ったら運転手さんが南のなまりを持っていた。

「自分は奄美の出身なんだ」と言った。

奄美大島はすばらしいところですよね、鶏飯もおいしいし、海はきれいだし、蘇鉄も大きくて、1回しか行ったことがないけれど、忘れられません、と私は言った。

鶏飯の鶏は、歯ごたえと味の深みが命で、最近はダメになってきちゃったけど、俺が子どもの頃はすごくおいしかった。脂までおいしいんだ。だから女房がスーパーで鶏肉を買ってくるのは禁じてる。皮がぶよぶよして、あんなの食べられない。たまに食べたくて買うときは決まったところから取り寄せるんだ。

彼はそう言った。そして続けた。

俺はね、空港を作るのに最後の最後まで反対して、そして最後まで戦ったからいられなくなって島を出たんだ。

　そのときの偉い人がね、最初は俺の側だったんだけど、お金に目が眩《くら》んで寝返ったからね。あの人には何億入ったんだろうね。あいつの持ってた絶対売れないはずの禿山が売れたからね、空港作るってことになったら。

　俺はあの場所で育ったから、ほんとうに大きな伊勢海老とか、大きく育ったアオリイカとか、こっちで言うイイダコとかね。いくらでも獲れたからその味を知ってるし、とにかく豊かでいろんな生きものがいて、サンゴ礁ものすごく大きかったんだよ。日本でも随一と言われていたね。自分の庭みたいに海の中を知ってた。それがどんなにすごいことかもわかってた。だから、反対したんだ。

　今はみんな死んじゃったよ。空港ができたからね。立場的にもいられなくなったけど、悲しくてとても住めないよ、死んだ海のそばにはさ。


　いいお話をありがとうございました、と言って車を降りた。

　彼が話していたとき、確かに私には見えた。海の匂いもした。澄んだ水の中をうごめく伊勢海老やタコ、透明なアオリイカや、色とりどりの魚たちがほんとうに見えたのだ。豊かな色彩、楽園のような光が。

　彼は負けたのかもしれないけれど、彼の見たものはこうして伝わった。

　それはちっぽけなことだけれど、きっと意

味がある。彼は死ぬとき後悔しない。それがどれほど大きなことか。

そう思った。

目黒川沿い

◎ふしばな

ナオトとナオコ

全体に個人情報が多いので、少し変えて書いてはいますが、実話です。

今の時代、なにが罠か誘惑か全く謎である。性差でさえ判断の材料にはならない。

うちの子はとくにすてきでもカッコよくもないのだが、ある種の人にものすごくモテる。

簡単に言うと、粘着質の人である。

でも全く意に介さないので、相手はあきらめるのである。

小さい頃、何十歳も年上の女性に本気で思いいれられて親もへきえきしたことが何回もあるし、なんだかわからないけれどそういうものすごい年齢差の女性に呼び出されたりしつこくメッセージをもらったり家の近所の駅までいっしょに来ちゃったり、大人なら分別を持てよと思うんだけれど、どうにもならない。


　先日、息子が「このメッセージ、ちょっと熱すぎない？」と見せてくれたのが、バイト先の年上のベトナム人のものすごくかっこいい人（写真を見たが、イケメンすぎて完全にモデルクラス。彼のお兄さんに至っては母国でほんものの芸能人）が、うちの息子に何回も何回も、

「ナオト、今なにしてる？」「ナオト、今度新しくできたビルにいっしょにいかない？」「ナオト、会いたいな」などと書いてきているのである。

「これは……なんかちょっとおかしいから、夜ふたりで会わない方がいいのでは？」ともう大人だから好きにしなさいとふだん言っている私でさえ、不安になるような熱さだったのである。


　しばらくはちょっと気にしてモヤモヤしていたくらいだ。


　しかしあるとき、息子がゲラゲラ笑いながら、「ママ、わかったよ、彼はナオコと僕を間違えてたんだよ！」と言ってきた。そしてメッセージを見ると、

「僕はナオトだよ、ナオコと間違えてない？」

「え？　ナオトだったのか」

「僕とでもビルに登る？　ｗｗ」

「いいよ、いっしょに行こうよ、仲良くなろう」


　などとやりとりしている。

　Facebookと違って、LINEのＩＤってフルネームじゃないから、外国人である彼は混

乱してナオコに送るメッセージをナオトに送ったのだろう。

「これって照れ隠しに言ってるだけで、あんたとほんとうにデートしたいわけじゃないんじゃ……かわいそうに。むりに誘わないようにしなよ」とほっとしながら言ってみたものの、その彼とうちの息子はほんとうにいっしょに新しくできたビルの展望台に行って、彼のイケてる写真など撮ったりしていて、結果微笑ましかったが、今の時代はややこしすぎる！

宿の華やかなオムレツ

わびとさび

◎今日のひとこと

90過ぎたおじいちゃんが、どうしてもまだ自宅で一人暮らしをしたい、できるところまではやってみたいと言うので、むりに施設に入れたりせず、最低限のサポートをしながらなんとか暮らしているのですが、自分がいろんな場面で「このままにしとこう」ということがこれまでになかった新しい感覚をたくさん持っていることに驚きました。

このトイレ、あまりにもすごすぎるだろう。今なら新品に換えてもそんなに高くないし、より快適だろうし、工事の日だけ立ちあえば

じーじ MY LOVE

いいし、やっちゃいましょう、お父さん！
なんて昔の私だったらいかにも言いそう。

でも自分も歳をとって面倒くさいというのもちろんあり、そしてなによりも、「ああ、もう、ぶっこわれでもしないかぎり、お父さんはもう、このトイレのままでいいって絶対思ってるんだろうな。亡き妻も尻を乗せた、このトイレをできるかぎり使っていきたい、なにも変えたくない」って。だからまあ掃除だけして、なんとか保たせるのがいいね。

と思って、掃除したりするのは全然苦ではない。むしろ喜び。

家の随所が悲鳴をあげて、「ほこりを取ってもらってありがとう、助かります」とお礼を言ってくるような感じがするのだが、それでも家は「全部捨ててピカピカにしてください」とは言ってきてない感じがする。

このままおじいちゃんといっしょに行くんです。それが幸せなんです。それが、全うするってことなんですよ。

お父さんと家は一体となってそう言っているので、すごくいいねと思う。

そしてたまにアイスのカップにスプーンが入ったものなどが枕元に置いてあると、アイス食べたのか、よかったねえ、楽しかったね、と思う。

昔の自分だったら、夫や息子を裁くように「こういうのを片づけないところからボケが始まるんだ」とか思いそう（笑）！

そういう自分がいなくなったことが嬉しいし、歳を取るのがこんなにいいものだとは、思っていなかったです。

シャトーブリアン!

◎どくだみちゃん

ぬくもり

ものすごく眠くて、疲れ果てていて、でも親に会いに行かなくちゃと思って、実家に行ったあるときのことだった。

子どもはまだ学校に行っていて、あとで実家に寄るとか、そんな設定だったような気がする。

もうばっちりとおしめをしていた父がうすら臭いふとんで寝ていて、私が顔を出したら、トークが止まらなくなった。おじいちゃんあるあるである。

父はあまり目が見えなかったので、私がどういうかっこうでいるか全然見えなかったと思うんだけれど、それでも話し始めた。

テーマは私の知らない歴史上の偉人についてだったたかどうか、それさえ覚えてないくらいで、私はいつの間にか父のふとんにふとんの上から寝転がって爆睡してしまったのだった。

目が覚めたら、父がまだ同じテーマでしゃ

べっていて、10分くらいたっていた。

お父さんの話を聞くことができるのはもう最後に近づいてるのに寝ちゃった、しかもふとんがおしっこくせ〜な、でもふとんの上からお父さんの足の温もりが伝わってくるな、と思いながらも、父の声が子守唄がわりだったのは、きっと40年ぶりくらいだなと思った。

最後にお父さんと、小さい子みたいに同じふとんで寝ておいてよかったなあ、と今でも、いい感じで思うのである。

聞いてなくて申し訳ないよりも、父の話のありがたみよりも、父の業績よりも、最後はたんなる親子に戻っていたあの光景を、正座して聞くより（もともとそんなふうにはしていなかったけれど）よかったなと思うのである。

夫のお父さんの家に行くと、最近はそういうわけではりきってそうじをしてはほこりまみれの汗だくになり、近所の温泉までぽこぽこ歩いていくのだが、少し前まではそのおじいちゃんは横になっていなかったので、私はいつも息子と互い違いにおじいちゃんの部屋のじゅうたん、よく見ると恐ろしい汚れがついている……の上に寝ころんでまんがなど読み、いつもそのまま寝てしまった。

人んちに来て、部屋のど真ん中で寝るなんてはしたない、とはおじいちゃんは1回も言わなかった。

ただ優しく、ものすごくほこりっぽい毛布をかけてくれるのである。

むせそうになりながら、嬉しくて嬉しくて、寝たふりをしていた。

あの温かさを思うと、きちんとしてなくてだらしなくてほんとうによかったなと思う。

今はそこにおじいちゃんがずっと寝ていて、私はおじいちゃんが前に買ってきた野村監督の名言集など読みながら、おじいちゃんの足をてきとうにさする。

てきとうだけれど冷たかった足がだんだん温かくなっていくのが嬉しい。

九十数年分を生きてきた足だ。

野村監督の「人の悪口を言わない人なんて信用できない、なぜなら人の悪口を言える人は自分の意見をちゃんと持ってるってことだから」「キャッチャーはひとりだけチームのみんなと違う方向を向いている、それはひとりだけ外側にいてサポートできる裏方の立場にいるということだ」などというすばらしい言葉をしみじみと読みながら、片手間にぬくもりを分け合う。

こういうのがいい、こういうだらしないのが、いちばんいい。

美容院のかわいいクリスマス飾り

◎ふしばな
だめスピあるある

時効なので書いてしまうが、父が亡くなってから数週間後に息子の学校のバザーがあり、そこである保護者がうちの父のエッセイ集を300円で売っていた。

私が来る可能性が高いという想像さえできずに、死んだ人への思いやりや敬意もまるでなく。

ぶん殴ったろうかと思ったけれど、こんな奴のために警察に行くのも絶対いやだし、彼の子どもたちに罪はない。

私はいやみたっぷりにそれを買って持って帰ってきた。

こういうタイプの恨みを私は決して忘れないのである。そのあとどんなにいい感じのことがあっても、一生許さない。いいのだ、聖人じゃなくて、にんげんだもの〜。

その人はかなりのスピリチュアル自慢で、よく人になにか説いたりしている。男性性と女性性がどうとか、宇宙の仕組みがどうとか。人に人生を教える仕事までしてる。

私は「きさまに人生とか生命についてなにか説く資格は一切なし」と思って、Facebookをすぐさまブロックしたが、全く悔いはない。

そういう意味のわからない奴って、昨今、多いよね！

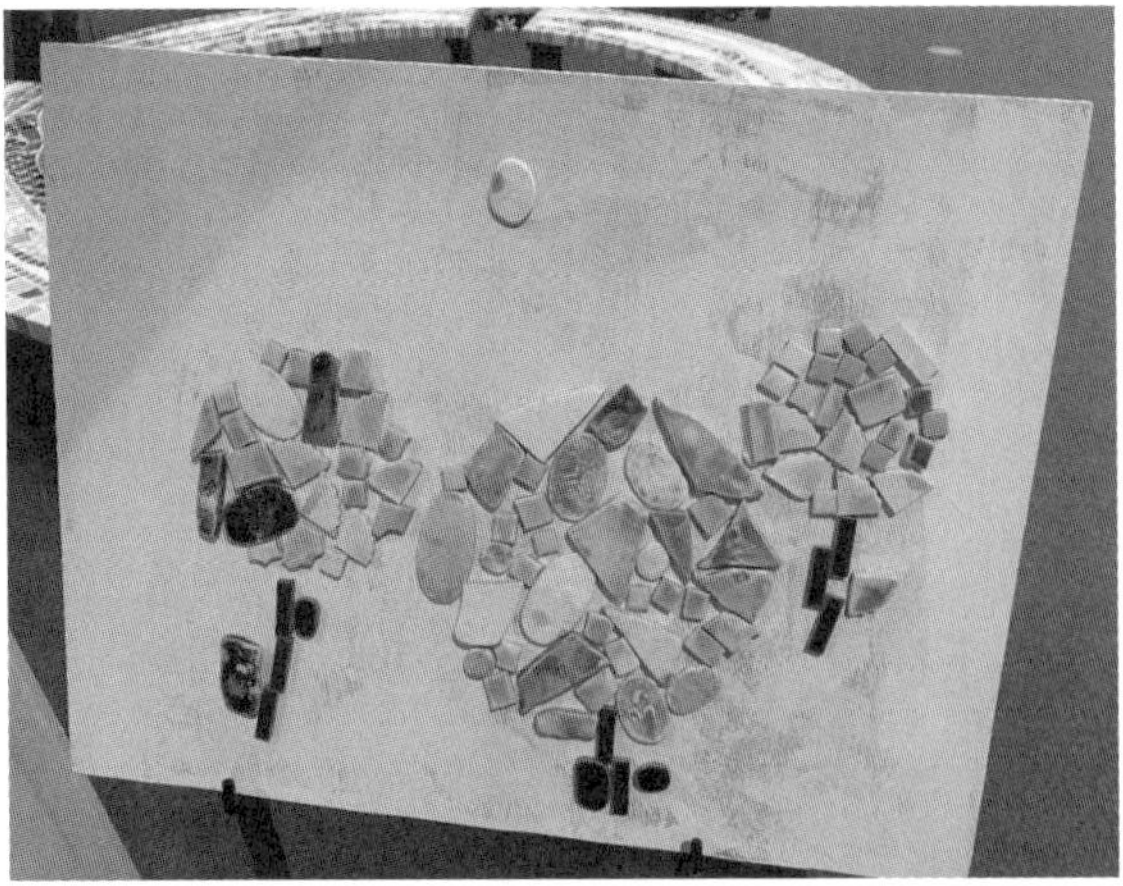

モザイクの絵

被害がなければ

◎今日のひとこと

先日、身の回りで「これはもしかしたらロマンス詐欺？」という事例を見たのです。

状況は若干複雑で、ロマンス詐欺にあったかもしれない女性が、故意に他の人たちにそれを言いふらし、その状況を利用して人の心を惹きつけようとしているのか？　あるいは本人も騙されたままで純粋な気持ちでしゃべっているのか？

全くわかりませんでした。わからないからトラブルが起きる予感しかしません。

なので私は素直に、Mさんという人に意見

渋谷の夜

をあおぎました。

仕事の名前にも「特殊」がつくほど特殊な仕事をしてきたMさんのことを私はある一点でものすごく尊敬しているのです。そのロマンス詐欺関係の人が場に現れたら、すっと気配を消して縁ができるのをとりあえずふせいだ、その反射能力と現実的判断力にも胸を打たれました。


そうしたら、Mさんが言ったのです。

「被害がないなら問題ないですね」

ああ！　これは簡単に見えて作家には絶対ない視点だ！　と雷に打たれたようにその言葉が響きました。

つまり、被害の前後を不安がったり心配して、推測で前もって動いてしまうのが私のような想像力がありすぎる人たちで、確かにその視点は人類には必要。一方現実的な判断力、そして現実で線を引いたらその後はもう考えない力も人生には必要なのです。

そうあれれば、不安にも事件にも対処することができます。

そして対処したらもうそのことに余計な時間を費やさないことが最も大切なのです。


同じく、大勢の人のカウンセリングをしている超クールな女性がいて、何年かに1回くらい会うのですが、そのわりきりにはほれぼれとします。たったひとりで生きてきた、優秀な人の凄みを同じく感じます。外科医のような現実味、そしてキレなのです。

食事をしよう、19時からでいいかと言われたので、私は19時に行けるが、夫は20時過ぎてしまう、間をとって半くらいに私が先に行くことにして、19時半に予約しましょうなどと言った私に、彼女はあっさり言いました。

「20時半スタートじゃだめなんですかね？」

私の行ったりきたり間をとる考えよりあまりにもクリアで、誰にも気を遣っていないけれどベストな結論。


そういう人生の達人、多くの事例を見てきて鋭い状態になっているクールな人たちの前で、私はこれまでアホな末っ子みたいにふるまってきたのですが、少しでも自分が率先してクリアに考えられるようになろうと、55にして本気で思ったのでした。次の方向はこっちなんだな、と。

その世界では私はひよっこでレベル1くらい。だからこそ学べる。

この感覚はこれからもくりかえし、これか

合田ノブヨさんの世界

らの私を導くだろうと。

◎どくだみちゃん

愛

世界でいちばん自分を好きだった生きものが、世界でいちばん好きなものを他に作って出かけていく、それって失恋と同じじゃないか？　と思ったことがある。息子に恋人ができる前のことだった。

でも、実際は全然そうではなかった。

息子は上機嫌になり、生き生きして、親に優しくなった。

単に世界が広がっただけだった。

東京中のあるいは世界中のこれまで行ったことのあるどこに行っても、小さい男の子といっしょにいた思い出がいっぱい。

その子はもうどこにもいないのに。

あの椅子にも、この部屋にもいっしょに座っていた。

いつも手をつないでいたのに、今は右手がからっぽ。

もうあの子には会えない。

それって、死と同じでは？　と思ったことがある。

でも、実際はそうではなかった。

生きていてくれてただ嬉しい、育ってくれただけで嬉しい。

それだけだった。

「あんなに淋しい人生だった私が初めて淋しくないと思ったのに、またひとりになっちゃうんですか？　神様、あんまりです」と思うようなダサい自分だけだった、完全に死んだのは。

愛が全てを解決する。それは決して甘っちょろい意味ではなかった。

合田ノブヨさんの世界　その2

◎ふしばな 広げる

年齢を重ねてくるといろいろできないことも増えてくる。未知のスキンケアセットにもほとんど興味はないし、スタンディングのライブもできるかぎり行きたくない。フェスももうむり。カツ丼大盛りとか食べると3日くらい胃もたれするし。知らない人と旅に出るのもめんどうくさい。

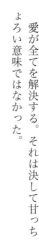

自分の好みがわかって、好きなように暮らせるという意味ではよい状況だと思うが、時間が流れてるかぎりは、変化は避けられないのである。一見避けているように見えても、世の中の動きは自分に必ず影響を与えている。

「仙人でもないかぎり」とよく言われるが、仙人だって山の上に暮らせば気象気候の影響は受けるわけだし、決して人間界と無縁ではいられない。

　それに、仕事だとそうも言っていられない。「これは仕事です」というくくりで出会えば、いろんなことをいっしょにする。知らない人と旅をしたり、これまで会ったことのない職業の人と話したり、自分だけだと行きようがない場所に行ったりする。

　町屋良平[*5]くんでもないのにボクシングジムでボクシングのトレーニングを受けてみたり、兄貴[*6]の本を作るにあたってバリに何回も足を運んで、見知らぬ人たちといっしょに合宿してお風呂に入って笑いあって……もちろんふだん知らないタイプの人たちなので、めんどうなことも起きる。仕事を頼まれるとか、ちょっと知り合いになりたくないジャンルの人がいるとかそういう類の。

　それでも、その中には決して自分が自分の世界にいるだけでは出会えないすごい出会いが潜んでいるのだ。前出の「被害がなければ」発言の人とは、兄貴のところで出会った人を通じて出会ったのだから。

　自分には絶対ない経験、視点。それに触れただけで、自分の中に違う世界が入ってくる。これはすごいことだと思う。自分が足を運ぶ範囲内には自分の予想以外のことは基本起きないのだから。

　私は同じジムで、室内にいる全部の人より断然強くて体もよく作っていて圧倒的だったプロの選手が、試合でこてんぱんに負けるのを見たとき、どの世界でもレベルや段階があり、その線は個人の気持ちでは超えられないものなのだということを体で悟った。彼がサンドバッグを叩いているときの音は、練習生レベルでは聞いたことがないすばらしい音だった。

それでも、けちょんけちょんのこてんぱんだったのだから！

彼は体を作るだけではなく、知性や勘も鍛えないといけなかったのだ。

そんな未知のことを私に教えてくれるのは、好奇心の導きだけだ。

だから、荒療治だとわかっていても、少なくとも仕事の世界では、未知のものに出会っていくのはいいことなのだと、私は思っている。

「行きたくないい～、面倒くさい、いやだ～」とごねたりマジ泣きしていた旅に限って、すばらしい果実を持ってきてくれるものだし。

冬の那須

良い姿

◎今日のひとこと

若い頃に毎日のように会っていた人たちが、もうほとんど日常の中にいないのです。
死んじゃったり、遠くに引っ越していたり。そのことにすごく驚きます。あの頃は、永遠にそんな日々が続くと思ってぞんざいに毎日会っては別れていたのですから。

中年を過ぎると気づくことっていっぱいあります。

その年齢でしかできないことがいっぱいあること。だからこそ常に今は今の年齢ですべきことをしているべきだということ。

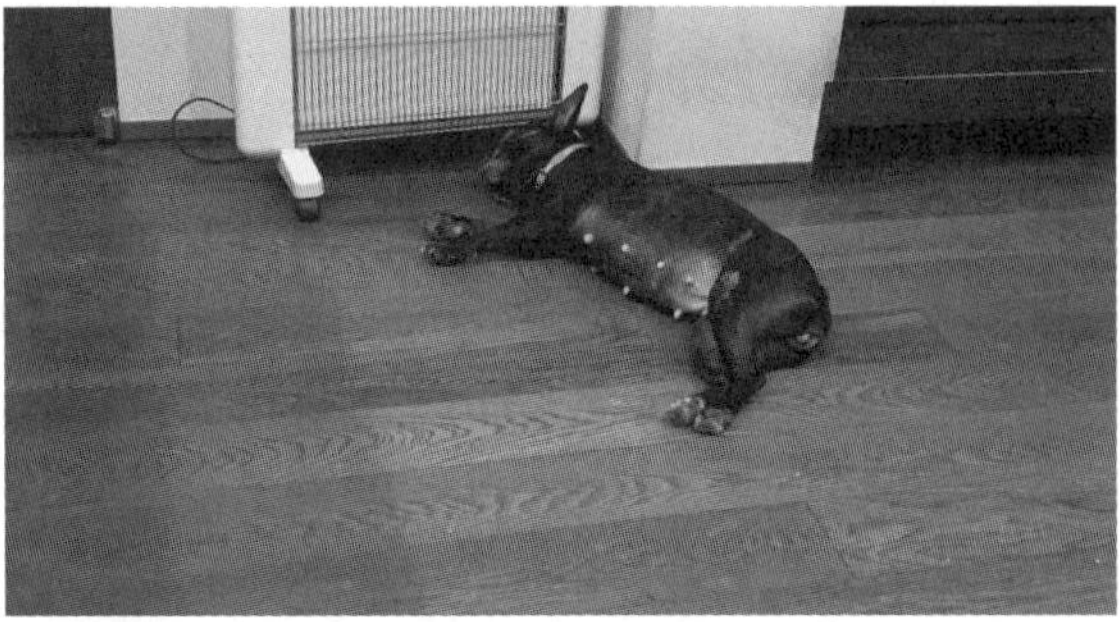

ヒーターが好き

「1回炭火で焼き鳥を焼いてみたかったから」という理由で開店した焼き鳥屋さんが長くないに決まってることとか（笑）。

誰かが他の人から奪った男性は、いつかまた誰かに奪われる確率がかなり高いんだなあということとか。

あの頃は、「がんばれば大丈夫」と思っていました。今はわかるのです。がんばらないからこそそうなったんだから、たぶんがんばれないよな、って。

合田ノブヨ[*7]さんはいつも言ってることが超おもしろく、ある意味かなり挙動不審な美女なんだけれど、まぎれもなく天才で、作品を作ると瞬く間にほとんど売れてしまいます。

ある種の人を強く惹きつける作風なんだけれど、あの種の人ではない私から見ると逆によくわかるのです。

そのある種の世界を表現するにあたって、どれだけの試みやクオリティの高い技を使っているか。

でもそれはテクニックではない。愛なのです。

憧れてやまない世界への、妄執なのです。

世界にひとつしかない彼女の声。その声を聞くと、この世だけに生きている人の声ではないことがすぐにわかります。

そんな彼女の特殊な人生に対する羨望の意見をよく聞きます。でも違う、この世が彼女にとってかなりの度合いで地獄だからこそ、彼女は描けるのです。

私も作品の中に恐れずに入っていこう、ノ

ノブヨさんの世界　その3

ブヨのように。

体調を崩して座り込みながら、自作の説明をしてくれる（『これは、心の中の聖域を結界を作って一生懸命守っている女の子たちで、ほんとうはあっちいけ！　っていうタイトルだったんですよ』みたいに）その唯一無二の声の響きを聞きながら、心からの尊敬をこめて、そう思いました。

◎どくだみちゃん

たたずまい

大勢の人がそのライブ会場にはいた。
有名な人、無名な人。
おしゃれな人、そうでもない人。

でもその夫婦ふたりはただただすっと輝い

ていて、あまりにもきれいに見えた。

汚れがない、濁りがない、顔が明るい。

あの人たちはなんだろう？　ああ、知ってる人たちだった、すごい。きれいな人たちだと私はその順番で彼らに気づいて。

これこそが彼の人生の軌跡、そして果実なんだと私は思った。

彼は長い間いろんな場所に住んで、今は妻となったその彼女と遠距離恋愛をしていた。

10年過ぎても結婚の話も特になく、彼女がやきもきしているふうもなく。

かといって自由を満喫しているふたりという印象もなく。

彼女はいつでも「初めてここに来た人」みたいにフレッシュで、言葉は常に優しくて、人を妬まず羨まず、生きていることを愛していた。

もしも結婚してしまったら、妻となってしまったら、いつも初恋の人といるようなこの新鮮な笑顔が少しだけ変わってしまうのかもしれないな、と私は思っていた。でもそれが自然ならしょうがないなと。

でも違った。

結婚したら、彼女はますます赤ちゃんみたいにフレッシュになって、もっと優しく無邪気になった。一歩も出ず、かといって引っ込むこともない。こんな人この世にいるんだと思った。

それは彼がいつも人生を生き切ってきたから。

その中で伴侶として選んだ人だから。

信頼というものはそうやって育つのだし、愛というものは疑ったり策略をめぐらしたり誘導したりしたら死んでしまうのだと、ふたりの姿が雄弁に語っていた。

「女の子は、目の前で笑ってくれたらそれでいい、っていうところが自分にはあるんだ」といつか彼は言っていた。

そのとおりのことが、ひっそりと、雪に埋もれた山菜のように、落ち葉に埋もれたトリユフのように、美しく育っていた。

こんなふうに書くことさえもあの清らかさを損なう気がして、小さな声で、そっと花を扱うように、書きのこしたかった。

こちらもノブヨさんの世界

◎ふしばな

高みを見つめる

「足をひっぱる」ということさえなるべく意識しないで接するように、子どもを育ててきた。

つまり「そんなことできるはずね〜だろ」みたいなことを普通に言って、もし子どもがそれをやってしまったら「できたんだ！」とすごくびっくりしてほめる、という普通さを決して策略で埋めないようにした。

まずは信頼（親はうそを言わないと体でわかること）だと思うからだ。

「○○ちゃんがね、いけないことをすると、ママとっても悲しいのね。だからちらかさないようにしようか。こんなふうにしたらまたちらかっちゃうよね？　○○ちゃんはいい子だからわかるよね？」

これじゃあ、子どもは「なんかわかんないけどめっちゃ怒ってる」と感じながらも、母が微笑んでいるので、混乱した情報が体に残り、大人になってからとんでもなくコミュニケーションがむつかしい人になるに決まってる。

前に知り合いの家の赤ちゃんが赤ちゃん手話みたいなのを学んでいて、「もっと食べたい」という動きをうるさいくらい何回もやってて「これじゃあしゃべれてるのといっしょなくらいうるさいな」と笑えたけれど、急にふっと「魚」という動きを手で作った。

目の先を追うと、私の事務所には魚の大きな絵が飾ってあった。

そのとき、いいなあ、と思った。

赤ちゃんだって伝えたいんだよな、と。

そういうことって愛をもってそれを扱わなければ、お猿さんの芸当と同じになってしまう。

人は、目の前の人でも遠くの人でも、なん

でもいいから変わってほしくない、遠くに行ってほしくないと思うものだ。それは自分の安定が奪われるからだし、子どものときだって母親が化粧して着替え始めたら「置いていかれる」と思うから、本能的に「ママの今日の顔、変」とか言うわけで、それといっしょである。

韓国などはもう少し激しいからおいといて、日本の社会ってほんとうにその、目に見えない糸みたいなものが、蜘蛛の巣を抜けるときみたいにまとわりついてきてうっとうしいったらありゃしない。

助言という名のしばりとか、ためを思ってという名のいじめとか、好きだからという名目の足をひっぱるとか、そんなのばっかりだ。

気にしないためには、常に高みを見ているしかない。

だからこそ、日本の中で突出したなにかをやり続けている人は、より強くなるのだろうと思う。

人間は逆風とか過酷な環境には意外に耐えられる。きついのはボディーブローでくるやつとか、真綿で締めるほうのやつだ。

例えば、毎日出勤して制服に着替える。なぜか毎日自分のハンガーの向きだけおそうじの人によって逆になっている。毎日元に戻す。そういうことが長い目で見て人を本格的に害するのだと思う。

昔、「この人といたら死にますよ。なんでもかんでも受け入れていたら、空中分解ですよ」とサイキックのおじさまに注意されて「ほんとだよな、私なにがんばってるんだろ」と思った人と仕事をいっしょにするのをやめたことがあるのだが、その人の人の足を引っ張るあり方はほんとうに天才的だった。

チケットを取れば時間を間違う、パスポートナンバーを教えてくれと言えば一文字だけ間違っている、お弁当を頼めばひとつとなりの苦手なおかずの弁当を買ってくる。へとへとになって空港に向かうと託した荷物を道に置いてきてしまっている。

万事がその調子だった。そして怒っても怒鳴ってもその場では一応反省するけれど、決して変わらない。

こういうのがいちばん疲れるし消耗するのである。

かといっていい人でないかと言えば、そんなことはない。とてもいい人なのだ。つまり、無意識の妬み憎しみがそういう形で出てしまうのだ。

ああ、このタイプが無意識に創作者というう仕事を憎んでいるということには一生気をつけよう、としみじみと思ったし、それからはなるべくそのタイプと接しないようにしている。住んでいる世界が違う、ただそれだけ。上下はない。並行している別の世界。

よほどの若さでなければ、人には「いつかこうなる」はない。今のその人がその人だとシンプルに考えたほうがいい。今の立場、仕事、見た目、それがその人だと思って接するのがいちばんだ。

だからこそ先ばかり見ている「夢を持った人たちの集まり」というのは破綻しやすいのだろう。

私の昔の部下がとある地方都市でレストラ

ンをやっている。国内外の数々のお店で修業したシェフは、ものすごい技術と勘を持っていて、決して妥協しないしさせない。その彼の味を守るために、彼のパートナーである私の元部下は、全力をつくしている。

地方都市なので「え〜？　パスタがこの値段？　高い高い」などという人たちも来る。ビーサンで水着の上にパーカを着た人が「ピザないなんて信じられない」と言って帰っていったりする。それにじっと耐えながら、名レストランを作っていく様はもはやドラマよりもドラマだった。

嫌われてもいい、ほんとうにおいしいものを1つ星以上のクオリティとサービスで提供し続けたら、必ずお客さんのほうが変わる。彼らは孤軍奮闘でそれを実践してなんとか実現させている。

神経が細く、私のところにいたときは、接しなくてはいけないどうしようもない種類の人たちに疲れ果てていた彼女だったが、本業ではやはり粘り強いのだった。

足を引っ張る人たちは「あのレストランは本格的すぎるから、行かなくていいわね、私たち」とはなぜか決してなってくれないものだ。

たまに来ては、あるいはなぜかしょっちゅう来ては、わけのわからない感想を述べたり時間を泥棒したりして、店のレベルを混乱させる。自分のところまで降りてこい、こっちは客なんだから、ということだ。

決して負けてはいけない、高みだけを見て、必死で走ってるから下は見えないくらいの気持ちで接しないと自分が消耗してしまう。

これほどの修行ができる国は他にないよな、と思って、感謝することにしている。

本格的な庶民出身の私は、庶民の粋さ、かっこよさ、品の良さ、美しさを知り抜いている。名もなく自分を貫いて死んでいったすばらしい人たちの顔がいくつも浮かんでくる。だからまだ人を好きでいられる。

しかし偽庶民は違う。関わるだけむだだし、強くなる以外にはいいことがひとつもない。

常に市井の聖人にだけ目を向けて生きていきたいと、願うばかりである。

今はもうない、「VACANT」の床

1日でいいから

◎今日のひとこと

感傷に意味はないと知っているのです。しかも実は言うほど感傷的な時間に興味もないのです。今が面白いし、今いろいろしたいことがあるから。

　でも、過去の幽霊はふいに襲ってきます。

　読んでいたまんががあんまりおかしくておかしくて、ゲラゲラ笑ったあと、なぜか急に、育児をずっとしていた自由が丘の街のいつも眠くて仕方なかったからぼんやりしている風景が浮かんできて、涙が止まらなくなって。

　子どもにはまだ好かれているんです、幸い

バリのおしゃれなカフェにて

に。

でも、あの頃みたいなむちゃくちゃな、シュールな、子どもの脳に添った行き当たりばったりの毎日はもう一生ないんだなと思いました。

だれでもが通る、普通のことだからね、とバリのヒーラーであり祭主のイダさんも言うのです。

私も長男が大人になって淋しいんだよ、って。

そう、人ってすごいなあ、それぱっかり思います。

あれだけの時間をかけて手間をかけて、だれかといっしょにいるなんて。

そしてそれを手放すからこそ、人類は生き延びてきたんだなんて。

昼寝から目覚めて、あれ？　お父さんってもうこの世にいないんだと思うとき、まだちょっと泣いたりします。

この気持ちって万国共通だからこそ、この世から小説がなくなることはないんですね。

別になにがしたいわけではないんです。人生の大問題を語り合いたいわけではない。

ただいま、と家に帰って、お父さんがリビングでテレビを見ている。ただそれだけでいいんですよ。それ以上の望みはない。

そんなことあるかな？　あれからたくさんの小説を書いて、いろいろな仕事もして、父に話すことがいっぱいあるのに、専門的な意見を聞きたいこともたくさんあるのに。

したいことは、生きてる父と同じ空間にいたいだけ。

結局人って、生きてるだけでいいんですね。

だれもが。

イダさんと私、いつも体を整えてくれる人

◎どくだみちゃん　301号

この手が古い押しボタン式のオートロックの感触を覚えている。

私が人生で最初に、ほんとうに自分だけのために選んだ部屋に向かう透明なドア。

江原啓之さんにまで「ここにいると怒りっぽくなるんじゃないですか？」と言われ、とにかくよくない場所だから花を飾れとまで言われた伝説の豊川マンション。

トータス松本さんと同じ屋根の下で暮らした、あの不思議なビル。


ある意味、人生で最後の自由な日々だったかもしれない。

1日でいいから、あの家にもう一度暮らし

たい。

この想いが後に襲ってくることは、わかっていた。

だから毎日あんなにも夕暮れがくることが切なかったのだ。


そこには元気な猫が2匹と、犬が2匹いて。いつもごっちゃになっていっしょに寝ていた。不潔だったし、そうじもやる気がなくてしていなかったし。

でも、楽しかった。みんなでいてただ楽しかった。


そこには赤ちゃんがいた。

ママ〜！　と100回くらい泣き声で毎日呼ばれた。

毎日いっしょに寝て、いつもくっついていた。

赤ちゃんのいる夕方、ごはんを作りながら、ベビーベッドで寝ている顔を何回も見にいく。かわいくてかわいくて気が狂いそう、いつもそう思った。

ベビーベッドにはぎっしりといっしょに猫が寝ている。

そのくらい不潔だった。

でも最高に幸せな眺めだった。

なんで時間って過ぎるんだろうといつも首をかしげていた。


よくあんなてきとうなステレオで音を出していたなと思うような安オーディオで聴いていた音楽（その古びた部屋にはその音がやけにしっくりきたのだ）、トータスさんの部屋から聞こえてくるギターや三線《さんしん》の音。階下の大家さんの炒め物の匂い。

　こんなに丸ごと心は帰っていけるのに、どうしてあの建物はもうないのか。

　いつか私が死んだら、私がいっしょに持っていってしまうのだろう、あの頃のあの部屋。

　宇宙のどこにあるのか。どこに行くのか。

　死ぬとき、最後の晩、痛みが出たらしく愛犬のラブ子はきゅんきゅん鳴いた。

　その度に起きて手を伸ばして撫でたら、鳴きやんだ。まだ温かい、大きな体。

　きっともう赤ちゃんを生まないんだなと今思うのと同じ感じで、運転できない私はきっと、こんな大きな犬と暮らすことはもうないのだろうとどこかでわかっていた。

　いつまでも抱きしめていたかった、あの大きな体。胸の柔らかい毛。広いひたい。

　たくさん、たくさん撫でておいてよかった。

　一生、いろんな街でおもちゃを買うような気分でいた。

　永遠に小さくてカラフルなＴシャツを買うんだと思っていた。

　アニメを観てはそのグッズをいちいち買うんだと。

　デパートに行ったら必ず子どもフロアに寄らなくちゃいけないんだと。

　まだ旅先でおもちゃ屋さんを見るとドキッとする。

　空港でぬいぐるみを買いそうになる。

　人生の味ってなんでこんなにも苦くて甘いんだろう。

　むちゃくちゃくるくるに巻けるホットカー

ラーとか異様な色のつけまつげとか靴下を留めるために人体に塗っちゃう糊とかニキビに塗るなにかとかちっさ〜いパンツとか、そういうのを買えなくなったのはちっとも、少しも淋しくないのに。

バリの空

◎ふしばな
謎の場所

今思うと、件の豊川マンションがあった区域って、ほんとうに謎なのだ。独特というべきだろうか。

よく考えてみたら、私が好んで住む要素がほとんどない。

景色は悪いし、夏は暑いし、冬は寒いし、古いし、高いし。

大家さんは心からすばらしい人だったが、いつも家族全員で激しい大げんかをしているし。すごいときは娘さんと甥御さんがどすん、ばたんと取っ組み合いのけんかをしていた。

なのになぜ、ここでなくてはいけないと思ったのか、ほんとうに不思議なのだが、そう確信したのだ。

そこで私は恋人と別れ、今の夫と結婚し、子どもを産み、動物をたくさん飼った。家の前の道をただひたすらに30分間車で行くと、夫となる人の住んでいたマンションまで一直線だったのだから、ある意味運命の場所と言えるだろう。

近所にカフェは1軒だけ。ただしものすごくコーヒーがおいしかったので毎日行った。

近所に友だちはふたりだけ。ひとりはもう死んでしまった。もうひとりは海外に移住してしまった。

同じ焼肉屋さんに毎日のように晩ごはんを食べに行き、そこのご家族とものすごく仲良くなって、今も仲がいい。店から消えたおじいちゃんおばあちゃんや、前はいなかったお孫さんたちの出現に静かにひたすら流れる時間を感じる。

目の前には会社の社宅があり、みんな窓を開けて華々しく生活を公開していたので淋しくなかった。とても小さな庭の草むしりをチームになっていっせいにやる人たちだった。

２本向こうの通りに独居老人だけが住む区が持っているアパートがあり、そこから出てきたいろんなお年寄りがいつも道に迷っていた。帰りたいと彼らはいつも言う。もういない家族のところへ。

駅前にできたカフェのベーグルが石よりも硬く、びっくりしたり。

流行りにのって看板だけ「とんこつ」「煮干し」などなど毎回かけかえるが、いつも同じマスターが作ってるのでがっくりくるラーメン屋もあった。

おいしいお店を作ろうと思う人が決して店

を出さない地域っていうのが、確かにあるようには思う。簡単に言うと家賃の価格帯だろうけれど。

変な場所だった。生活するのにいいとは決して言えない。

それでもなにかが始まった場所として、心の中に永遠にあの建物は建っているだろうと思う。

大家さんが渾身で育てた山盛りの紫蘇と千両に守られた、薄暗い、謎のマンションよ。

私にとってあの場所は明らかに「違うこと」に属していた。

でもどうしても経験しないといけないことも、なんとなくわかっていた。

人生にはそういうこともある。

あるレベルから次のレベルに全てが移行するとき、痛みを伴う中間地点がある。快適でも不快でもない場所。

そこがもう不快だと感じられたら、卒業して次の世界に行ける。

そういうところだった。あそこは。

村上龍さんの「MISSING[*8] 失われているもの」という小説を読んで、母というものの恐ろしい力を知った。

あの「人生の芯となる経験」は、決してなくなるものではないと確信した。

自分にとって人生一幸せだったことは、子どもにとっても人生の芯だったのだと。

それが私を救った。感傷でも愛でもない。

「親と過ごすこと、それはだれにとってても芯となるのだ」という簡単な真実が、私を冷静にした。

人の心を解剖するようにそこを見極める龍さんの力は、書くことに対して私を一歩進ませたと思う。「逃げない」ということがどんなにたいへんか。龍さんのエッジの効いた勇気のかっこよさに、震えるばかりである。

季節、TPO、コンセプト

◎今日のひとこと

ちょっとだけリニューアルした（ほぼしてないけど）このメルマガ、文庫のゲラを読むと連続だからうるさいうるさい（笑）。

週1だからこそ耐えられる濃さとインパクトで書いていたので、まとめるとたいへん。オレ少しはだまれ！　って感じです。

しかしだんだん、コツをつかんできました。

転んでもただでは起きません。

小説とこのメルマガとよなよな[*9]を読んでいただければ、後世にもし生きている私と出会ってない人でもほぼ私のことがわかる、「私が」ではなくて「私の小説や文章が」理由を

葉っぱの入ったクラフトジン

持って近くにいて手を握っているような感じがする。

人生も後半戦、だんだん絞り込みながら、それを目指しています。

本気ってすごいなと思うのです。

人生も折り返しで本気になったとたんに、すごく見えてきたものがあります。

この世のものすごく大勢の人が、「なるべく受け身で、なるべく楽な感じで、なるべく多くお金をもらいたいな」と思っていることです。

それは、どう考えても絶対実現しないでしょう。

絶対ないとわかっているのに、なんで文句を言いながらそれを続けるのか？

そのあたりに「リスクを負わない」だいたいの人の悩みの答えがあるんだと思います。

みごとなカサブランカ。この後すぐに「猫には毒」ということがわかり、トイレへ……！

◎どくだみちゃん

ダンシング・ウィズ・ア・ストレンジャー

この曲を聴くとなんで涙が出るんだろう。

これは私にとって子離れの曲だからだな、あれほどキツい失恋をしたことはないからだ。

だってきのうまで文字通り自分がこの世界の全てだった相手が、ある日急に独立して別の世界に行ってしまったんだから。

もう失恋なんて全くこわくない。あれ以上のことはないってわかってるから。


あの急な独立に比べたら、彼女や嫁の存在なんてみんなが言うほどこわくない。どうかのびのび好きにやってくれと思う。

なぜかというと、同じ人物に対してのかかわりかたが180度違うから。

そしてその人はいつか、自分の子で同じ気持ちを味わう仲間だろうってわかるから。

そんな長いスパンでしか見ることができないから。


ねえ、明日はなにして遊ぶ？

どこにいく？

なに観る？

毎日それのくりかえしで、だるくても飽きても楽しくて。

そろそろ靴を買わなくちゃ、髪の毛切りに行かなくちゃ、いつも自分以外の人物のそんなことばかりに追われて、自分は靴も髪の毛もほったらかし。

永遠に続くかと思われた、夢のような時代。

人って性じゃなくて、深いところでその時

代を追って恋愛をしているんだな。

あんなにもだれかがいつも自分のことを考えていてくれた時代があったのに、って。

だから他人との間で関係がこじれたり泣いたりするのだろう。

親はもう二度と自分の人生に出現しない。それを認めたくなくて。


そしてそう、親ってたいへん。

あんなに注いで、見守って、そして離れていくのを応援して。

いつもどこかで待ってて。

でも大人になったら「あのことやこのことでトラウマがある」なんて言われたりするんだから。

「あんまりにも私に対してかわいくなかったから、そのように正直にあんたを扱ったのに、文句言われる筋合いはない」って私の母なら言うだろうな。ほんと、その通りだと思います、お母さん。


「うわあ、私の人生ピークは過ぎた。ここから先はもうオワコン（古）」

と思ったときのショックときたら、こわいものはもうないってくらいだった。

仕事では1回もそう思ったことはない。今もまだ新しいことがあるなと感じているから。ほんと、仕事があってよかった。なかったらもうただの隠居したおじいさんである。

でも人生という大問題においてはもう終わったのだ。

まだ先があって、新しいことがあって、都度未知の世界に行くことには変わりないけれど、育児ほどのインパクトを受ける事件はも

自転車のプロ、西川くんのチャリ

う自分と家族の死に関することだけだなんて、すごすぎる。あっというまだった。

これからは、いつでも、都度知らない新しい人と踊っては時間をつぶすだけの、刹那的な人生になっていくのだ。

それはそれで、いいか。

◎ふしばな
季節とTPOとコンセプトが全て

私は人よりもファッション的なものやデザイン的なものがうんと好きなのだと気づいたのは最近だった。

それなら痩せておしゃれを楽しめと言いたいところだが、[*10]金原ひとみ先生の連載など見るに、メイクを真剣にしたり、痩せてきれいでいるために全人生を賭けている人は本気だ。あんなには決してなれない（土台が悪いのも悪いけど　笑）。[*11]あそこまでたいへんだとは知らなかった。りりちゃんだって、新しい男と会うときはエステだとかネイルだとか万全にやるって言ってた。私には絶対ありえない。

だってめんどうくさいから。

　めんどうくさがっていることには恩恵もなしということで、痛み分けだろう（私、何言ってんの？）。

　まあ、もっと言ってしまうと、おしゃれが好きなのではなく、他人を含めたライフスタイルというもの全般が好きなのだろう。世代的なものもある。雑貨全盛期を生きてるから。


　というわけで、さっくりと結論を書くと、洋服は季節とＴＰＯとコンセプトが全てだ。

　それを制したものがファッションを制す。どれひとつ欠けてもアウトだ。

　あと髪の毛。私はやる気ゼロだが、ほとんどの人のおしゃれに見えない問題は髪の毛さえきちんとしていれば解決する。おしゃれになりたきゃ最初に金を注ぐべきは服ではない。髪の毛だ。

　9月の暑い日、ちょっとだけ秋の色の小物を持つ。気温は全く変わらないけれど、ビニールのバッグだった昨日から、なぜか今日は革のポシェットに変える。ちょっとだけ秋の光を感じるから。

　そのようなセンスが、全てだ。

　みなクローゼットがいっぱいだと言っているが、よく見てみたらそこには季節が混在しているはず。

　人類の多少おしゃれな人であれば、４つの季節に対応する服が各10着くらいはあるはず。その組み合わせの混乱や季節の変わり目が混沌を招くのだ。

　真冬にコットンのストールを巻いちゃダメだし、パーティにスニーカーで行くなら上の素材はよほど高級でないとかみあわないし、顔の色に合ってない服は永遠に似合わない。

そして真におしゃれな人は「今日のコンセプト」を必ず絞っている。「なんとなくマダム風味だけどとりいそぎ履いた靴はパンク、まあ、合わないことないよね？　勢いさえあれば」はありえない。なんでもいいけどコンセプトがはっきりしていなくちゃ伝わらないのだ。「黒と銀」でもいいし、「セクシーだけど上品」でもいいし、「話しかけにくい／やすい」でも、「ゆるふわに10パーセントのエッジ」でもいい。はっきりしていて、それを思い切って人に表現する気持ち、自分を着せ替え人形にして下にタイトルをつける感じ。それが、コンセプトだ。あいまいではいけない。自分の買ったものだからどう合わせても自分らしい、もナシ。わかってほしいなという甘えもだめだ。

自分という限られた素材、この目の色、髪の色、体型。

そこをどうすれば活かせるかなんて大したバリエーションではない。

もしも自分を変えたければその3つのどれかを大きく変えればたやすい。

さらに加齢という状況が加わるとたいていの人が過去のよかった頃に戻ってしまうのだが、それも完全にアウトである。

よかった頃は過去だからこそいいのだ。

大事なのはバック・トゥ・ザ・フューチャーである（これまた何言ってんだか）。

じいさん、ばあさんになった自分にちょっとだけ若色を足す、安く見える可能性があるタイプの化学繊維をどんなにきれいな色でも好きなデザインでも、徹底的に避ける。みすぼらしくならないためには、そのような調整の感覚にしか答えはない。

満開

◎よしばな某月某日（新コーナー）

　相性が悪いってなんだろうって考えてみるけれど、タイミングが悪いというのはかなりのウェイトをしめているなと思う。

　というのも、週に1回クリーニング屋さんが服を取りに来てくれるんだけれど、そのことにはうんと感謝しているんだけれど、今回の担当さんは絶対に「麺類を茹でて、あるいはごはんと味噌汁を用意して、さあいただきますよ！」というまさにその瞬間に来るのである。

　じゃあ、その時間にお昼ご飯を食べなければいいのでは？　と思うだろうけれど、彼はおおよそ12時から1時半の幅の中で、ランダムにやってくるのである。

　私は忙しいからランチなんてたいてい立って10分で食べる。

　まさにその10分が始まる瞬間にいつも来るのである。すごいと思う。いちばんすごいのは、お昼ごはんがサンドイッチとか、おせんべいとか、温度が関係ないものの日だと、食べる瞬間になっても決して来ないのである。

逆引き寄せの法則だ。

つきあったら不幸になる組み合わせだったんだろうな……と思われながら、「オラオラ、麺がのびるから早くせいや！」と思われながら、こつこつとすごく長く時間をかけて（それだからのびちゃうんだって！）記帳している彼を見ると、すまんのうと思う。相性が悪いだけで、あとは何も悪くないのにって。

今日なんて「クリーニング屋さんが来るからちょっと早めに食べておこう」といくらを熱いごはんに載せた瞬間に「今日は早めですみません」とやって来た。あと1秒でも早く来てくれたら、いくらが食べるときに半透明にぬるくなってることは避けられたのだ。ほんとうにすごくて、もはや感動。


このところ、あまりにもだるくて家の中のことができなかった上に長い出張があったので、帰宅したら汚い家、家族全員のドロドロの洗濯ものの山、恐ろしい量のなまもののお歳暮などに追われ、生きた心地がしなかった。

しかし、やっと今日追いついた。追いついた感じってパズルのピースがはまったみたいになる。全てのものがそのへんに出しっぱなしやりっぱなしではなく、あるべき場所にだいたい収まった、そんな感覚だ。

とりあえず積んであったもの、とりあえず出してあったもの、そういうものがひととおりおさまると、心も整う感じがする。

なんだかわからないまま、「宇宙人の集まり」に参加する。主催しているのは宇宙人の方だそうだけれど、学校の先生もしていて、結婚もしていて、お子さんたちもいらして、平等に人に接する感じとか家族仲良しな感じとか見るに、宇宙人であること以上にたぶんとてもいい先生なんだろうなあと思った。宇宙人の先生のほうが地球人の教育よりもずっと楽しそうで、いいみたいだ。

宇宙人の学校の近くの幼稚園の先生ご夫妻もいらしたけれど、きっといい園なんだろうなあと思った。奥さまが「私はまだ大丈夫だから、どうぞお先に」とトイレの列を替わってくれたとき、幼稚園児になったような幸せな気持ちになった。守ってくれてると感じた。子どもってそういうことが全部わかっちゃうから。

なぜか大宮エリーさんやＣＳ60[*12]を発明した西村先生もいらして、宇宙感ハンパなし。

ＣＳ60って金属だから、空港で引っかかったときどうするんですか？　と聞いてみたら、西村先生のとなりにいた美しい元蕎麦屋のおかみさんが「あごのところにこう当てて『美顔器なんですよ、こうして小顔にするんです』って言うの、そうしたら全然大丈夫」とＣＳ60を手に持ったしぐさをしてうふふと笑ったが、その鼻血が出そうな美魔女ぶりを見たら、空港の人もすぐ落ちてしまい、「そうかそうか美顔器か、それはいいね、もっときれいになってね」と通してくれるんだろうなあとしみじみ思った。

また、宇宙人の先生が「たとえばみなさん、今夜はカレーにしようと決めて、今夜のカレーからさかのぼってにんじんやじゃがいもを買いにいくわけですよね、つまり時間は未来から流れてくるんです」ととてもいい話をしている最中に、西村先生が大きな声で「肉がないぞー！」と言ったのが個人的には超大ウケだった。

カカオ

2020年4月〜6月

バリ島のアマンダリホテルのプール。
ただほとりにいるだけで心安らいだ。
向こうには山しか見えない。

宇宙のしくみ

◎今日のひとこと

死んだ友だちはいわゆるサイキックで、酒は飲むしたばこは吸うし、話は長いし、しょうもない奴だったんだけれど、その勘の先入観抜きの思想もからめない透明感に関しては他の追随を許さなかった、とてもでこぼこしたそしてすばらしい人でした。

ある日、なんとなく電話でしゃべっていたら、さらっとすごいことを言うのです。

「夢でたまに神様みたいな上のほうの存在がいろいろ見せてくれることがあるんだけど、今日見せてもらったのはね、なんていうのかなあ、砂時計みたいな感じでエネルギーが上

真穴みかんたち

下に流れていて、それがまた周りを一周して、循環してるものを見せられたのよね。これが仕組みだ、みたいな感じで。なんだろうなって思ったけど、すごくいいものだったのよ、それが。いつまでも見ていたいっていうか」

そ、それはもしかしたらトーラス構造とかいうものなのでは？

と私はびっくりしました。

彼女はミステリーしか読まないし、テレビも海外ドラマとバラエティと自然を映した番組くらいしか見ないし。受け売りの可能性は低そうな（しかも今さらそのカリスマ性を私にがんばって見せてもしょうがないという関係性だった）とんちんかんな言い方でした。

そんなことを見せてもらってるなら、自分の体を健康に保つ方法を見せてもらってくれよと今となっては思うのですが！

ふつうのおばさまの夢にトーラス構造が登場するなら、西村先生が夢でCS60の見取り図を見たというのももちろんありうることで、この世は大きく開かれたところなんだと思わずにはいられません。

意外にも魚だった気がする

今日も私たちにふりそそぐその無尽蔵で美しいエネルギーは私たち個々の夢や願いや欲や生死を動かしてはくれないかもしれません。でもそんな大きなものがそこにあるというだけで、その中で生きて死んでいくと考えただけで、生命の不思議を考えずにはいられません。

◎どくだみちゃん

オクジャ

私を探さないでください。

私の生活に興味を持たないでください。

私の生活を追いかけたり、まねしたり、うらやましがったりしないでください。

もう山の上にいるので黙っていればいいのですが、まだ働いて養う人たちもいるし、これまでに知った良きことをシェアするのは人類に対する務めだと思っています。

そのエッセンスだけ受け取ってご自身の生活に活かしてください。


会いたい気持ちがなくはないのですが、街に出てこの時代の大勢の人の悲しみを見るのに疲れたのです。だから、出かけていきません。特に夜は。

会いたければこっちに来いという意味でもありません。

縁があれば自然に会いたくなって約束してまた会えるんだと思ってます。


一見華やかに見えるかもしれませんが、とても地味な、くりかえしばかりの毎日です。

そのくりかえしの中で、なにかを少しずつ

考えているのです。

その考えはすぐに役立つものではありません。

時間がたってからちょっとだけ、「ああ、あれを知っておいたからちょっと楽にくぐり抜けられた」とやっと思うようなものです。

人脈もありません、広げようとも全く思っていません。いろいろなものを見すぎるほど見てきたから、見聞ももう広めなくていいのです。

あるのはその日そのときに目の前にいる人への思いやりだけです。

愛しているのは家族と少ない友人だけです。

私に近づいてもなにもいいことはありません。

相談にも乗らないし、ごちそうもしません。

おいしいこともないし、欲の叶え方もお金持ちになりかたも知りません。

実際、自分のことしか、よくわからないのです。

いちばん傷つくのは、私を妬んだりうらやんだりまねたりするエネルギーによってではありません。

違う人間なので、起きることも合っていることもみんな違います。最初は見習ったりまねしてもいいのかもしれません。でもそれを長く続けたら、害されるのはその人の人生です。

それを見ているのがつらいのです。

「だったら見せびらかさなければいい」と言うのなら、それは違います。

まっすぐに受けとって自分の人生に健やかに応用できる人がいるかぎり、役に立つことができるかぎり、書くものでシェアすることは私の本業なのです。

　社会に貢献できるたったひとつのことなのです。だから、やめはしません。


　山の上は静かでたまに淋しく、昔大勢の人に囲まれていたことや、小さい子どもを育てたことを思い出して涙が出たりします。

　でもすぐまた、日々の鍛錬に戻っていきます。

　それで幸せなのです。すごくすごく。泣くことさえも。

　1日でも長く、こんなふうに生きていられたらなと思います。

　山の上にはオクジャ[*13]のようなとても大きな動物がいます。昼寝をするときはいつもそのお腹に顔を埋めています。豚みたいな匂いがして、すごく安らぎます。

　きっと私は死ぬまで、そうやって暮らすんだと思います。

　だからどうか、そっとしておいてください。

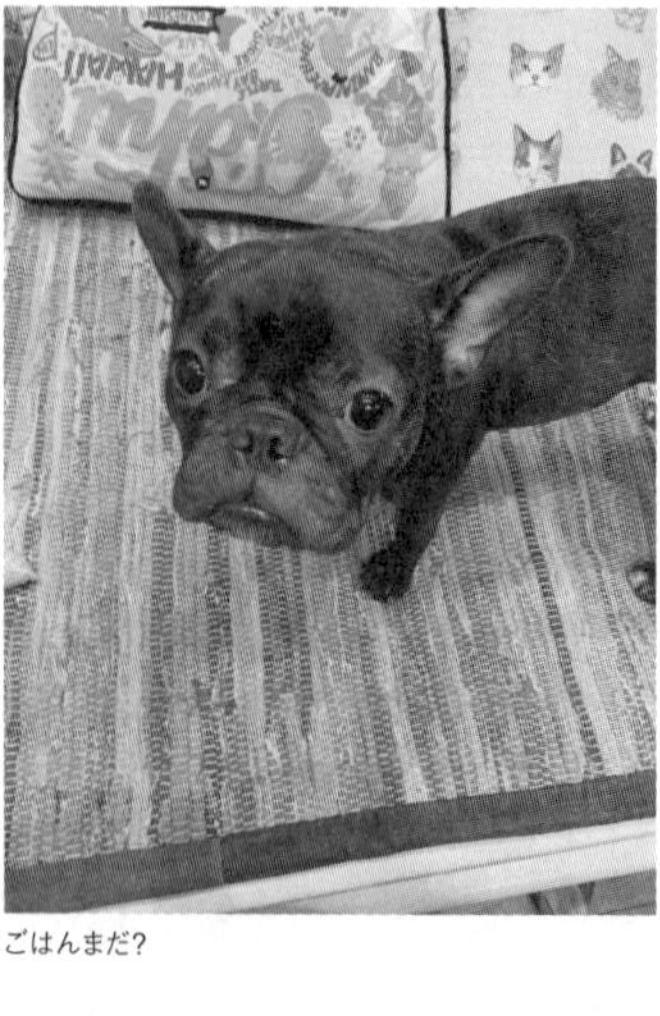

ごはんまだ?

◎ふしばなしくみ

そうは言っても私は特殊な人生を独自のルールを探り作りながら送ってきたので、人生経験が人よりも豊富だと思うから、また観察にはものすごく長けているので、気づいたことだけ、もしも聞かれたら言うようにしている。

聞かれなければ言わない。だって問題には個々の解決法があると思うし、それはそれぞれの大切な道だし、気づきの瞬間だし、個性だから。

98％の人が、気づいたことを伝えても半分だけ聞く。

いいとこどりというやつか、あるいは解釈違いというものだ。

決して言うことを全部聞けとか自分が正しいと言っているのではないのだ。ただ、セットになってる一連のことからひとつだけ抜いたら、うまくいかないに決まってるのになんではぶくの？　というだけなのだ。

「痩せてちゃんと髪の毛やお肌の手入れをして、服にアイロンをかけたらモテますよ」

この程度の普遍的アドバイスさえも、アイロンだけ抜いて実行したりする。そこで奇妙な個性を出そうとするのが人の我というものだ。

そうするともちろん運命はむりして痩せて髪の毛やお肌の手入れをしたぶんのゆがみだけを返してくる。それでモテたり恋人ができるという望みは「さほど好きでない人に好かれた」くらいしか叶わない。そして印象としては「がんばっていろいろやったけどだめだった」という敗北体験になり、ますます「がんばる＝叶わない」のループにはまっていく。

どうせがんばるなら、アイロンまでやればいいのだ。

宇宙はそういうふうにできているのだから。

でもまあ、それがその人のレベルとか個性というものなのだろうし、人間というものの切なさなのだろう。

それを愛おしく思って根気よく見守るほどヒマではないので、やっぱりなあと思うだけにとどめる。

とりあえず自分に関しては、そういう実験の精度を上げるために、むりをしないけど心は澄んでいるというレベルを保つような生活をして、書きものに励む。

それくらいしか、人生でできることはないだろうと思う。

柔らかい水の入った袋みたいに（実際そうなんだけど）、あっちに圧をかけたらこっちがぎゅっとなるし、上から押したら扁平になるし、圧の分だけ余計な力が加わるのだけは決して避けられない。他からの影響を避けるためにがちがちに固めたら内部の液体が腐る。

例えばものすごい勢いで勉強するとか、ダイエットをするとか、仕事するとかするということは、圧をかけて少し歪みを加えるということである。それによって元に戻るときにいろいろな余計なことが治癒されるように持っていかなくてはならない。

リラックスしてクラゲのようにただ漂っていると、いつのまにか流れ流れて淀んだ水の中にいることになる。

ありとあらゆる武道の達人は、そんな人生の大命題に挑んでいるのだろう。

そしてそれぞれの方法でそこそこ解いてこの世を去っていく。そこそこしか解けないのは肉体という限界があるからしかたない。

そのくらいのことだからなあと思うくらいで、力を抜き気味に、でも流れを決して止めず、向こうから来るできごとや季節の力を合気道のようにうまく借りて最小限の力で動き続けなくてはいけないのだろう。

プチトマトがきいてた、いち子さんのひと皿

◎よしばな某月某日

冬から春は基本的にうつ気味なので、なるべく出かけないですむようにありとあらゆる宅配と軽い外食とお歳暮をものすごく頭を使って組み合わせて、観たい映画や読みたい本をこつこつ観る。冬眠か？　という暮らしだが、ものすごくいいインプットの時期になる。

人に会って話さないわけではないので、引きこもりまではいかない。

この生活の問題点は、夜になるほど元気が出てくるところだ。やっと目が覚めてくる夜の10時ごろに、なんだか1日損したなあというような気持ちになる。

　その代わり、いつもはレンジであせって解凍している肉などもゆっくり見守りながら解凍できるので、気持ちは落ち着いている。

　山岸凉子さんのインタビューを読んでいたら、あまりにもサイキックすぎて面白く、思わず「日出処の天子」[*14]を読み返す。

　リアルタイムで読んだときには「いくらなんでも歴史をいじりすぎでは」と思ったけれど、大人になってテーマの描き方と絵柄と歴史の関係が少しわかってきたので、作者の意図がすごくよくわかる。

　あまりにも独自の道を歩んでいる方だからこそ、長い時間に耐えうる名作を描けるんだなあ。

　友人でもある羽海野チカさんの「3月のライオン」[*15]もまとめて読み返す。

　将棋というのは、公の場で自分の勉強してきたことや頭の中や弱点や生活をみんな丸出しにするという恐ろしいゲームで、だからこそ創作で同じ気持ちを味わってきたチカさんに描けるし、私も深く理解できるんだなと思う。

　大切なものができたら、超えるべき苦悩がなくなってしまう。幸せになったらいいものが描けないのではないかと思う。そう悩んだ時期が私にもあった。でもやっぱり違う。違わないと宇宙の法則に反している、そう思う。

　どんなきつい状態でも興味があって、自ずとやってしまうことこそがその人の天命であるというだけなんだと思う。

　いちばんまずいのは、中途半端な「これさ

え見ないことにしていたら幸せ」っていうような状態で、それが天命の天敵だなと思う。

とある会でとある大きなドー○の近くのホテルのビュッフェに行く。

ひとり6000円、アルコールは別料金でよくここまで材料費をケチれるなと思う。ファミレスのほうがよほどいい材料を使っている。チーズフォンデュのソースもまがいものだし、明太子も業務用のチューブから出る奴。刺身やカニは安いやつを露骨に解凍。ネギトロのトロは業務用の練り。焼きたてのはずのオムレツはもう焼いてあって置いてあって冷めている。「これって見本ですか？」「いえ、そちらをお持ちください」と仏頂面で言われる。コーヒーも激マズ。

そのてきとうさのせいか、まずフロアにいる係の人がサボるサボる。皿なんてめったに下げに来ないし、飲みもののオーダーも取りに来ない。客が写真を撮りあっているのをぼんやり眺めている。「みなさんでお撮りしましょうか」と言え！　6000円取るんなら。デザートのちっこさ（ビジネスホテルの朝ごはんのおまけか？　という内容、全部業務用）と、無印で売ってるかなりいけてるシュークリームより10倍くらいまずいプチシューももちろん業務用。ほんとうにひどい世の中だなと思う。

全てがおろそかで働いているほうにもなんの楽しみも生まない場所って、怒りよりも悲しみがわいてくるわい。

早く潰れてしまえ。

まともな店だけ残るように、この世の全員が関西人になりますようにとさえ思った。大阪だったら一瞬でつぶれる、こんな客にも食にも愛のない店。

東京ってほんとうに変な場所だなあ！

夏みかん

濃くならない

◎今日のひとこと

　よくカフェなどでものを書いていると、となりの席の人たちが陰口をしゃべっていてぐぐっとそのあたりの空気が濃くなっているのを感じます。

　あと、サウナでもね。

　それが10分以上続くと、瘴気を発する感じがして移動したりします。

　野村監督の本[*16]（確かこれだったと思うのだが、人の家でちら読みしただけなのであいまいであります）を読んでいたら、「悪口を言わない人なんて信用できない」っておっしゃ

またもイケメン！

っていて、かなりスカッとした気持ちになりました。

陰口、悪口は人間観察で始まり笑顔で締めれば、なんてことないし、濃くならない気がします。


またあるとき父の全集の月報を読んでいたら、うちの母が「うちのお父ちゃんは箸の上げ下げが気にいらないみたいな理由で、一瞬で人を切るから気をつけて」と忠告していたという話が書いてあり、母はよくそう言ってたなあ、と懐かしく思ったのですが、きっと私もまわりの人に全く同じように言われているのだろうなと想像がつきます。

でもそれは違うのです。父がどうだったのかはわかりませんが。

相手の思っている状態と自分の持っている距離感が違うな、と思ったときに、しぶしぶ怒るのです。

でも、できれば女が男にするようにだんだんせまってきて、「私だけと会ってほしい、この関係に名前をつけてほしい、仕事もいっしょにしたい」なんて言わないでくれたら、ふつうにさりげなく離れられるのに、っていつも思っています。きっとモテる男の人とか女の人も異性にこう思っているんだろうなあ(涙)。

最近はなるべく早めに嫌われるようにしているので、かなり減りました。

だって人生好きにやればいいんだもの、それが私の好みに合わなかったら、距離を置けばいいではないですか。お互い様だし、相手の人格まで否定することはない。

また近づくときもあるかもしれないし、もうないかもしれないし。それって人為的に決められないですからね。

そんなとき、なるべく濃くならないようにしようと、それだけは気をつけてます。

ほなさいなら～、いつかまたな～。

それができるようになってきたら、今まで自分が濃くなってきて失敗したり泣いたポイントがわかるようになりました。

それでもウィリアム[*17]にはまだ、「別れ際に理由を説明しすぎ」と言われるのですが。20年くらい言われ続けてきたのですが！

あるとき、とある人が「50人くらいの前での小さなトークショー」という仕事を持ちかけてきて、それならいいですよとお返事して、そうしたら契約の段階で全く違う内容が、事務所のメールですらなく、メッセンジャーに送られてきたんです。

家から1時間かかるところで、条件は夜だったのに午前中に変わっていて、３００人のホール。

相手がお金をケチりながらも、なるべくお金を回収しようとしたのが見え見えではないですか。

他に理由があるなんて言われても、私のことは騙せません。30年いろんな人と仕事してきたんだから。

「３００人規模の場所でやるとは一言もお返事してないです、晴れ豆[*18]くらいの広さだったらいいのですが」そういう約束だったので、そうお返事しました。

そうしたら「ばななさんは晴れ豆がお好きですからね～！」というお返事があったとき、

さらに「うちは年間100本くらいイベントをやってますからあなたよりよっぽど慣れてますけどね！」と言われたとき、

1、こりゃだめだ、話になってない

2、その変なイヤミに激怒

というふたつの気持ちがふつうに襲ってきて、そのままに行動しました。

そしてその人とのお仕事を全部降りて、かといって全然恨んだり憎んだりはしなくて、単に道が分かれたんだなと思いました。それだけです。濃くならない、糾弾もしない。住む世界が違う、陰口でもない。そっちはそっちの世界でがんばって～という感じです。

奥平亜美衣[*19]さんと公開対談をしたときに、主催者の方が私たちにはオーガニックないいお弁当を用意してくださり、ご自身はおにぎりだけだったのです。

好みもあるかもしれないのに問答無用で、奥平さんもスタッフも私もみんなでおかずを分けてあげました。

彼のおにぎりの前になんとなく汚く盛られたおかず。

登壇者とスタッフそれぞれのちょっとずつ欠けたお弁当。

打ち上げには、遠方からきたほぼ車椅子の私の知人であるおばあちゃんを急に交ぜてくれて、そのぶんの支払いを要求してこなかった。

そんなのがいいな、と思うのです。

いいな、と思うことのほうを思い出すほうが、嫌なことを思い出してぐいっと濃くなるよりずっといいです。

だって人は過去に生きてるわけじゃないん

シーサーとあたし

ですから。

◎どくだみちゃん

※前回のふしばなで書いたことを、抽象的に書き直してみました。

よく考えてみると、少し前はこうして書き直してみたり、テーマに合う一部だけ再録してみたり、一部だけ無料記事にしてみたり、いろいろな試みをしてきたけれど、読者数が安定したらあんまりしなくなってしまいました。守りに入らず、またこの中で楽しくて新しいことをしていこうと改めて思います。

心も体も人生も

どこかをぎゅっと押せば、他のところがぎゅっと縮む。

その縮んだところを戻すときに動きが生じるから、治ったりする。

それを「ぎゅっと押したから治った」と錯覚することは多い。

失恋する。

すごくつらい。

だからしばらく納豆みたいになって寝込む。

起き上がったとき、世界がまた美しく見える。

心機一転、明るい気持ちで身ぎれいにする。

次の恋人ができる。

これも全く同じだ。

圧がかかり、戻るときに動きが生じる。そして変化がある。

きれいになったのは失恋のおかげではないのに、人はついそう思ってしまう。


人生は絶え間なく流れにもまれ、縮んでは元に戻るのくりかえしだ。

それだけに過ぎない。その動きはどうしても意図的に再現できないものだ。

人生だけが、そのほんものの流れだけが、正しいぎりぎりの圧を生みだすことができる。

それは宇宙と自然の織りなす奇跡なのだ。意図的に模倣できるものではない。


風俗に行っても恋人と初めて寝るときの気持ちにはなれない。

それとほとんどいっしょだと思う。

逆に言うと優れた風俗の人は、それに似たものを一瞬感じさせることのプロだ。

だからといって全く動きがなく刺激がないほうがいいのかというと、
それを続けたら中の水が淀んで腐ってしまう。
人生のほうが自浄作用として外側の動きを呼んでくるふしさえある。
かといってくらげのようにただ身をまかせ

ていたら、いつのまにか淀んだ沼にたどりついて命をなくすこともあるだろう。

縮むことがよくないのではない。

縮んで元に戻る動きのダイナミズムの世界に治癒が伴うということを、

「人為的に縮めれば同じことが起きるはず、もっと押せばもっと大きく戻って良くなるはず」

という考えの中におかしなことがあるような気がする。

そっと押してそっと戻る。それを少しずつ大きくしていく。

少しずつ細胞が気づく。世界に対して敏感に存在する。

そんなふうにするのが、なんにせよいちばんいい方法なのではないか。

ときに人生は荒療治を強いる。

そんなときに、小さな動きをたくさん練習していた魂の方が、不自然な圧をはねのけるような動きではなく、流れるように抜けられるのではないか？

命だけを見ていたら、おのずとそうなって

竹花いち子さんのおせち

いくのではないか？

◎ふしばな
心にサチコを

セールをしていたので全巻大人買いをした「忘却のサチコ」[*20]。文芸誌の編集者の話なだけに、身につまされる。

そしてサチコが私の担当の、前に「新潮」という雑誌にいたときの加藤木さんのようで、胸がきゅんとなる。

先生方に毎回わけのわからないこだわりを見せられ、無理難題を押しつけられては資料を探したり、関サバを釣ったり。苦労を顔に見せずに打ち合わせには笑顔でやってきて、ときには厳しいアドバイスもしながら作家を応援する。しかも月刊誌だから校了がある。

まあ中に出てくる先生が直木賞の候補になっているので、多分文芸誌とはいえ、純文学ではないと思うのだが……「きらら」（まだある？）とか「STORY BOX」とかなのか？

たぶんこのまんがのように編集長は加藤木さんにセクハラしたりしてなかったとは思うのだが……その代わりにかっこいい後輩もいなそうだ。いや、そもそも加藤木さんもこんな巨乳ではない気が（オレがいちばんセクハラ野郎か！）！

せめてサチコのようにおいしいものを食べていやなことを忘れてほしい！　でも結婚式でだんなに逃げられないでほしい！

でもきっと、加藤木さんは私が「明日までにどうしても、どうしてもこの資料が作品にとって必要なんです」って言ったら、サチコと同じように調べてくれるだろう。それはもちろん月刊誌の担当ではないが、若いおじょうさんとしては幻冬舎の壷井さんも同じように誠実だろう。

私はそんなひどいことを頼んだりしていないが、いざというときに浮かぶそういう顔がある限り、小説ってひとりで書いてるわけじゃないんだよな、と思う。

「来週までにゲラを戻していただけますか？」「今香港にいるからたぶんムリ〜」

いつものそんなやりとりを申し訳なく思う今日この頃です。

ポテトタイマー

◎よしばな某月某日

実家で姉の作ったかゆを極限まで食べたら、ろっ骨がみしみしいって怖くなったので横になった。しばらくなにもできないくらいパンパンになった。苦しくて息もできない。

この年齢で食べ過ぎで苦しむなんて、我ながらすごい。小学生レベルだ。

そして思った。そうか、体は勝手に限界を教えてくれる。だから頭を使わなくていいのだ（いつも限界いっぱいまで食べましょう！

という話では決してない）。頭で野菜がどうしたとか、腹八分目がどうしたとか考えずに、手に入るいろんなものをまんべんなく並べ、その日に食べたいものを食べればきっといいのだ。偏りすぎたらきっと体が勝手に拒否してくれる。

そこの大切なセンサーが、ふだん頭で考えて節制しすぎると鈍ってくるに違いない。

多くのお年寄りが誤嚥性肺炎で亡くなる。食べられなくなったら死ぬんだというのは自然なことかもしれない。

でも、人間の気持ちはそうはいかない。なんでもいいから生きていてほしいと周りは思うものである。別れの時間をくれと。

父も最後はそれと院内感染のダブルパンチで死んだし、やはり飲み込む力は生きる力と同じものなのかもしれない。

とろみ食とかスープだけという食事法は理にかなっているけれど、気持ちが弱ってしまうところもある。だいたいあのとろみとかどろどろになった食べものって、まずいし。正直にただまずいし。

知人の100歳のおばあちゃんの娘さんは、おいしいものが食べたいと訴えるおばあちゃんにクリームパンのクリームをなめさせてあげていた。

倒れてもなお減らないおばあちゃんの食欲のすごさを見ると、この人の強く生きる力の根本がここにあったのだなと思わずにはいられない。

そこですごいなと思うのは90代の義理のお父さんの取った方法である。食事中の方はあとで読んでくださいね。

お父さんはだんだん飲み込めなくなってきた。ここで普通のおじいさんならむちゃくちゃ弱気になってもう出かけないとか、とろみ食を手配してだんだん弱るとか、スープしか食べないで衰えていくと思うのである。しかし彼はどんなものでも口に入れて、ものすごく咀嚼して残りを出す。これは、見た目は悪いがものすごく理にかなっていると思うのである。

いろいろな栄養は取れる、嚥下もできる、さらに咀嚼することで口の筋肉が衰えない。

これを自然に編み出すこの粘り、私の周りのお年寄りが人に気を遣ってなかなか実行できなかったこの技を実行してしまう、この偉大な教えを一生心に刻もうと思う。

旅館でも飲食店でも堂々とそれをするので、周りは食欲が落ちる&ひやひやするけど、生きていくってそうやって工夫していくことだから、体の条件に合わせていくことのほうが周りの感情とか見た目とか世間体よりも大事なんだと思う。

お正月の花

裁くのではなく

◎今日のひとこと

いっしょうけんめい何かをしている人を見て、心から「えらいなあ、なかなかできることじゃないなあ、うまくいきますように」と思うのはよほど性格が悪くないかぎり、ごくごく普通のことだと思います。

また、その逆で、なまけていて人当たりも悪く感じが悪い状態の人など見ると「地獄に落ちろとは思わないけど、私はもう見ていたくないなあ」と素直に思います。それもごく普通のこと。

まあ、人類っていうのはたいていそのふたつがミックスされた状態にあるので、ややこ

夏みかんの葉が好きです

しいんですけどね。

公の場に立つことがある私が、そういうふうに「この人は応援したいしたまに会いたいけど、この人は特にもういっしょにいなくていいかなあ、見ているのもなんか苦痛だし」と思ってそれを行動に自然に移している場合、果たしてそれは心の中で「裁いた」ことになるのかなあ？　とたまに考えるのです。

私は公で発言できるし、そういう意味ではある種の力を持っている。それを配慮すべきなのだろうか。相手をいっそうしょんぼりさせないためには、いい人であるべきなのだろうか？

公人である自分に寄るなら、なるべく万人を応援してトラブルにはもともと近づかないというあり方がよさそうです。つまり芸能人にメールアドレス聞くと事務所のアドレス教えてくれる的な距離の取り方ですね。

もしも個人である自分に寄るなら、ありのままに偏屈に対等に生きるしかなさそうです。

そんなときにたまたま、横尾忠則さんが山田洋次さんに公の場で怒っているニュースを見たのです。すごいなあ、80代のもめごと。もし自分だったら「80代も後半だし、いつどうなるかわからないから、意見は引っ込めておこう」と思ってしまいそうです。

でも、アイディアや作品に関しては真剣勝負、年齢も状況も関係ない、そのあり方に私は打たれました。打たれるべきではないかもしれないけれど、正直に感動したのです。

すっげ〜な、言っちまうんだ、関係ないん

だ。立場とか影響力とかご近所さんで仲良しとか年齢とか一切ないんだ！　って。

やっぱり、それのほうがいいな、ちゃんと人として相対している。おじいさんとおじいさんとしてではなく、人として扱っている。

そうも思いました。

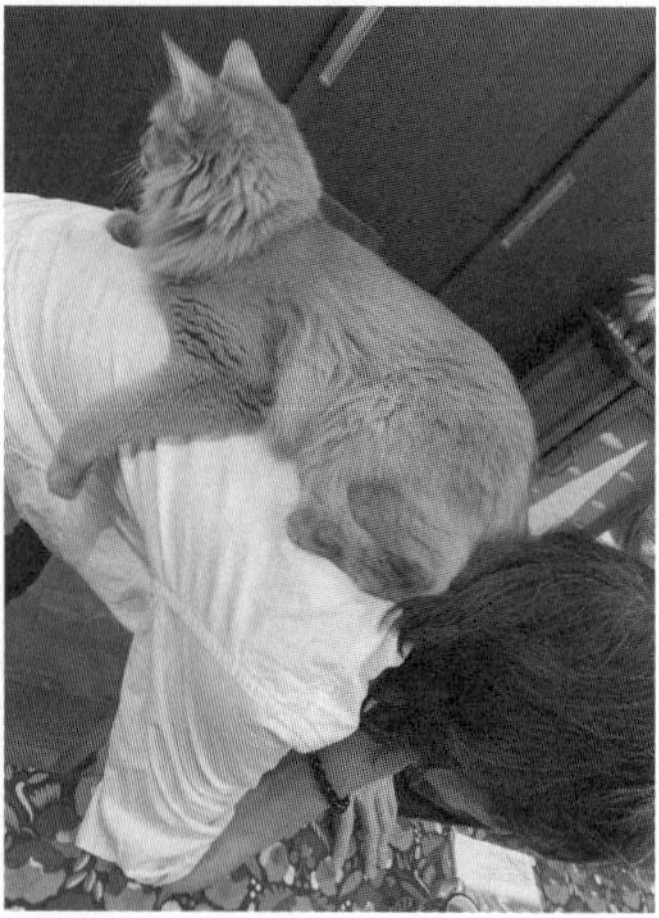
乗りものとして

いやなものはいや、いいことはいいとただ言う。言い過ぎず、がまんしすぎない。
私もそういうおじいさん（なぜかおばあさんでなくおじいさんになってきてるので）になろう、偏屈で正直な、そう思いました。

◎どくだみちゃん
ただいる

設定は異様だがただそこに暮らしている人たちの小説を書いている。

基本、なにも起きない。街の中をうろうろしているだけ。

そして彼らはいろいろ考える。

私の代わりに考えてくれているような感じがする。

孤独のうちに見た真っ暗な港に灯る釣り人のライトや。

月にかかる雲を通した奇妙な色の光の静けさや。

波音が遠くに聞こえる、落ち着かない眠りや。

日常の中には気味の悪いものがたくさんひそんでいる。


ささやかな愛が実るかわいい物語と、暴力に満ちた地獄の世界が同じ「映画」という名でくくられてしまうように。

無限の幅のある人生という奇妙な世界を、自分の幅を選び取りながら彼らは生きる。

それをただ描く。自分の気持ちを入れずに。

それだけ。

でもそれだけのことがどんなにむつかしいか、書けば書くほどむつかしくなる。生きているあいだにたどり着けそうにない。

塩味のアイス。スプーンがまたすばらしい

◎ふしばな
ほとんどホラー

今思うとなんで自分があんなふうにふるまったのかさっぱりわからない。

差し障りがあると思うので、設定を変えて書くが、このできごと全体の違和感はあまり変わらない。


あるとき、知人とごはんを食べに行ったら、今落ち込んでいる友だちがいるが呼んでもいいかと聞かれた。

別にいいよと答えた。数時間のことだし、ふたりでしたい深い話があれば私が帰ってからしてもらえばいいし。

その知人もかなり変わった性格の人で、私は正直少し困っていた。これ以上仲良くなりたいわけではないのに、なんだかすごく好かれている、そういう感じだった。知人が連れてきたその女性は、落ち込んでいるせいもあると思うのだが、すごく苦手な人相の人だった。

暗くて、重くて、ぎゅっと小さい感じ。ボーイッシュなのになにかが「女！」という感じ。

縁はないなと普通に思っていたので、逆にさくさくと一緒に過ごすことができた。

聞けば彼女は長年つきあって一緒に住んでいて、婚約までしていた男性と別れたと言う。彼が去っていったと。

彼はメールだけでやりとりしていた女性、会ったこともないその女性に運命を感じ、相手も同じように思い、彼女とつきあうために出ていったのだと。

「そんなのいずれにしてもすぐ破綻するのでは？　悔しいかもしれないけど、少し待ってみてから考えたら」、そう思った。

でも、正直に考えてみて「もしかしたら理由は恋愛めいているかもしれないけれど、この人のこの重さから逃げ出したいっていうのもあったかも」、そう思ったら、下手なことは何も言えなくなった。

次にその知人が私の家に立ち寄ったとき、失恋の彼女もなぜかついてきた。

それは正直いやだなあ、と私は思った。

しかしそれでは終わらなかった。知人は用事があると言って席を立ったが、なぜかその人が帰らないのである。もう少しいるとか言って。私はいてほしいともいていいとも何も言ってないのにだ。

私には仕事はあったが、出かける仕事がなかった。なので、リビングに座ったその人にお茶など出しながら、仕事もしつつ、午後を過ごした。

なにか話しかけてもその人はほとんど何もしゃべらない。ちょっとした会話の後は続かない。仲良くなろうという試みもない。お菓子を食べて黙って座っている。

うんと親しい関係で、失恋して、ひとりでいたくないからただここにいてもいい？　と聞かれたならわかる。

そうではないのだ。2回しか会ったことがないよく知らない人なのだ。

夕方が来て、夜が来てもその人はそこに座っている。

「あの、もうすぐ彼氏が来るので、申し訳ないですけど」と言ったけれど、彼女は立ち上がろうとしない。

どうやったら帰ってくれたのかよく覚えていない。もしかしたら当時の恋人が予定通り帰ってきたのかもしれない。

帰り際も彼女は「今日は時間を過ごさせてくれてありがとう」とも、「長居してごめんなさい」とも言わなかった。

百歩譲ってものすごいうつ状態だったとしても、せめてよく知っている人の家でその全てをやってほしい。

私はその人に、元気になってほしいけれど友だちになることはないなと思った。忙しさも重なって知人とも疎遠になり、それから数回会ったかもしれないが、自然にその人とも離れた。


後年、私が家で倒れているサイキックカウンセラーの友だちを発見して、他の友だちに救急車を呼んでもらうのを待っているあいだのことだ。

友だちは「髪留めをトイレに置いてきた、取ってきてもらえまいか」と言った。もちろん、と私は立ち上がり、トイレに行った。そのトイレは友だちに相談してひといきつくときにも、いっしょにごはんを食べに出かけるときにも、いつも入った場所だった。

ああ、きっともう私はこのトイレにあんなふうに気軽に入ることはないのだろうと私は思った。

友だちは死に、この部屋はもうなくなるのだろうと。

病気になってから友だちは家の修理とか管理ができなくなって、トイレの手水があまり出なくなったのを管理人さんにお願いすることもなく、お皿を置いてその少ない水をためている。そこでちょっと洗うか、出てきてから流し台で洗ってねと言っていた。代わりに言ってあげようか？　と言っても今はまだいいと言っていた。

もうそんなことも終わるのだと私は絶望的な気持ちで涙しながら思っていた。彼女の前で泣いてはいけない。まだ生きているのだから、そう思った。

そしてお皿の横に置いてあった髪留めを取って、その皿をまじまじと見たら思い出した。

それはあの失恋の女性が、私が紹介したその友だちに当時観てもらったときにプレゼントしたお皿だったのである。あるときからはもう来なくなったからもう大丈夫なんじゃないかなと友だちは言っていた。

ああ、あの人、こういうところに出てくる感じだったよなあ、と私はしみじみ思った。

そんなこともすぐにみんな終わるなと、私は心を状況から逃避させながら思った。

そして思った。いっそ嫌われるのでもいい、人の心にこういう妙に重い形で残る人にはな

「まる竹」名物、こんにゃくのピリ辛いため

りたくないなあと。

◎よしばな某月某日

あの有名な映画「パラサイト」を観た。直前に「アジョシ」を観ていたので、韓国の格差社会や裏社会について考えざるをえなかった。

あまりにも衝撃的だったのであちこちに書いたけれど、あの有名なソウル新羅《シーラ》ホテルで広い庭を散歩していて、ちょっと間違えて塀の外に出てしまったとき、急にあまりの落差のある地域に迷い込んでしまいびっくりしたことがある。あの映画そのものの感じだった。

その後なんとかホテル内に復帰したのだが、入り口が奇しくもウェディング相談のカウンターだった。きらびやかなドレスが飾られ、大理石のカウンターに完璧な装いの美しい係員の女性がいて、その夢の中にいるような差はまさにあの映画のようだった。

ちなみに「母なる証明」とか「悪魔を見た」とか「オールド・ボーイ」とか「哭声／コクソン」とかとにかくあまりにも残酷すぎるので、韓国の映画界の人たちに聞いてみたら、「韓国の映画は怖すぎる、うちの国はそこまで怖くはないですよ！」と全員が口を揃えて言うのだが、どこかにはほんとうにあのような残酷な世界があるのではいかという気持ちがどうしても消えない。

ネタバレになるようなことは書かないけれど、人ってある一点からどうしても調子に乗ってしまうものなんだよね、それが性《さが》なんだよなあ、と思った。

映画を観ているあいだにも、私の両隣にいるのがいっしょに働いたことも旅をしたこともある、助け合える人たちであることにどこかほっとしていた。

終わってからそのふたりとお茶をしながら、自分の知っているいろいろな格差の事例を話したりして、やっと地に足がついた感じがした。もしひとりでふらりと観て家に帰ったらなにかを引きずりそうだった。

お金持ちの生活も貧しい家族の連帯感もあまりにもリアルすぎて、監督はよく世の中を見ているなと感心した。韓国の財閥ものとはちょっと違う描き方だった。

自分がお金持ちすぎず、貧しすぎもしない生活ができていることがありがたい。特殊枠だし夫婦ともに自由業なので安定はないけれど、お金ではなく考え方に合わせて暮らせていることが。

映画に出てくるどの家族も愛がないわけではない。でも金銭の偏りによっていつのまにか大きく偏ってしまっている、そういうことなんだろうなと思う。

美しいお皿

才能

◎今日のひとこと

このことも何回も書いているのですが（最近の東京の飲食店はどうなのよ問題と共に笑）、なにせ書いているのが私ひとり、いろんな角度から同じことを深めているので、またもおつきあいくださいませ。

世の中に出るっていうのは、結果として出るだけであって、出ようと思って出るものではない、そんなことが見失われたのは「才能はお金に変わる」という考えが蔓延したからなのかなと思います。

さらに「単に世に出るのが目標」という人がニュースになるために殺人を犯したりして

なつかしい店「ザ・ハンバーグ」

いて、なんだかもうわからなくなってきます。

世に出る＝お金持ち、これは最低限の意味ではあるかもしれませんが（昨日までごはんも食べられなかったけれど、今日はなんでも買えるとか）、全くありえないことで、私の知っている真のお金持ちで有名な人はほとんどいません。

「おまえは出といてなんだよ」とよく言われるのですが、やはり私も「結果として出た」としか言いようがないのです。

バイト先がつぶれたので賞に応募したのも確かですし、できれば他のことをしないで書いていたかったので専業になりたかった、それも確かです。

しかしその前の私は、書いてはまわりの人に読んでもらう、それがただただ幸せでした。

ひとつの村くらいの人数の人にずっと読んでもらえたらな、といつも思ってきた、そこはあまり変わらないような気がするのです。

丸の内にとてもおいしい「まる竹」[*21]というお蕎麦屋さんがあるのですが、そこに行くと全員サラリーマン、下手するとお客さんで女性は私1人だったりするんです。とてもいい雰囲気だしいつも混んでいるので、上司の悪口や深刻なミーティングをしている人はほぼゼロで、わいわいと楽しんでいます。お酒を飲んで、おいしいものを食べて、楽しいなという顔のお兄さまたち、おじさまたち。

そこに行くといつもしみじみと思うのです。

この中で私の小説を読んでいる人はたぶん2人くらいだろう。

ここに私の小説のニーズはなにひとつない。

しかしたとえばロレックスとか広瀬すずだったら、この人たちにもたくさんニーズがあるだろう。そのくらいの一般での知名度が、そこを小説を書くという仕事の限界なのだ、そこをいつもわきまえていなくては。

専門家同士の集いの中では決して妥協してはいけないし、ちゃんと誇りを持っていなくてはいけない、しかし、広い世の中ではほんのちょっとのパートを受け持っているにすぎないんだ。なにがあっても驕ってはいけない。

それって、かえってすっきりするような明るいような気持ちなのです。

棲み分けというか、分業というか。

謙虚にもなるし、自由な気持ちにもなります。

それぞれの持ち場でそれぞれがそれぞれ持

家がなくなると遠くが見える

って生まれたものをただ発揮して、なんとかお金が回って、今日も家族と屋根の下に眠れるな、それが可能な社会がいい社会だから、ただそうなっていくといいのに。ほんとうは人類はみなそれしか望んでいないはずなのに。

そんな単純なことができないなんて、人類ってまだまだなんだなと。

◎どくだみちゃん

ダンサー

その人の前衛ダンスの舞台を、私は何回か観たことがあった。

すばらしいところがたくさんあるのだが、テーマに集約されていく過程があまりにも長くて、毎回どうしても見たいというところまではいかない気持ちだった。

いつも筋トレして体を作っていて、毎日踊っていて、それでもむつかしい、そういうジャンルなのだなと思った。

ほんとうにすごい人のダンスの舞台を何回かたまたま観たことがある。

足をすうっと上げるだけで空気が変わる、そういうものだった。

踊りは芸術の基本だと思わずにいられなかった。

太古の昔の人たちも踊り、絵を描き、音楽を奏でていたのだから。

物語をつむぐこともきっとしていたのだし、そこから進化しつつも決して離れないでいたい。

その人と個人的に会うことが数回あった。

あるとき、なかなか車が出せない狭い路地で、その人に誘導してもらったことがある。

道に落ちていた長い枝を捨てようとして、その人がたまたま持っていた。

そして車を何回か切り返してぶじに脱出できたとき、にっこり笑って手を振った後、その人がちょっと顔を伏せた。

その瞬間、彼女の顔が長い髪に隠れ、髪が完璧な形になびき、手に持った枝が美しいラインを作り、その枝に沿うように彼女の体が形を作ったとき、それはもはやダンスだった。

見えている世界全部が、夜が来るときの空の光も、吹いている風も、彼女の舞台装置だった。

そうか、と私は思った。舞台でなくても彼

てんてんと寝る

女はいつも踊っている。

だから、彼女の踊りの恩恵を私たちはこうして常に受けている。

もしも彼女が踊りをやめてしまったとしても、踊ってきたことはむだにならない。世界を魅了し続ける。

こんな豊かなことが、「前衛ダンスでは食べていけない」「公演日を決めてお金を取って人を呼んだらテーマを決めて数時間踊らなくては」みたいに、お金という観点で見るといきなり貧しくなることってたくさんあるんだなと。

◎ふしばな
全く別の世界

前にも書いたことだが、少し考えがまとまったので再考してみる。

その業界の独特のクセというのはあると思うんだけれど、私が最も「これはすごいな」と違いに対してびっくりしたのは、やはりスピリチュアル界であった。その人に会えたり相談したりする場合の単価が高いから（相場は3万円から8万円くらい）、いろいろなことが起こりやすいのかもしれない。

しかも昨日までブログを書いていた人が、あるとき本を出版し、セッションまでできるようになるわけだから、無法地帯である。

あの、もちろん、業界全体のことを書いているわけで、特定の人物のことを思ってないですからね！　奥平さんとか壇珠さんとかyujiくんとか、実際に実力がある人ももちろんいるので。ただただ、業界が違うというだけなんですよ。

私の知っている限界は「本出す」↓「それに関してトークショーをする」「サイン会をする」くらいで、出版界ってその程度だからすごく平和だったように思う。

スピ界ではそのあと個人セッションやセミナーにつながっていって、さらに商品を販売したり、サロンを開いたりするのが常識となっていた。

そして顔を出しているからには、吉本さんもやらないか？　みたいな雰囲気もなきにしもあらずで、素朴な私はダッシュで逃げ出しました。だって、書く時間が減りそうな話なんだもの。

その人たちはいろいろなクラウドファンディングをしていたり、相互でセミナーやトークショーをしあったり、サロンを作ってその中で特別会員枠をもうけてそこからは高めのお金を取ったり、人々と合宿したり、とにかくなんの資格もいらないってすごいなあと思うことしかできないくらい遠くの世界で、しかもそういう人たちはそれぞれに個性というか売りみたいなのがあって、それを私に語ってくれるんだけれど、なんの悪気も裏の気持ちもなく、私は小説家であって出版社じゃないので、どうにもしてあげられないし、むしろもう半引退の状態なので、ほんとごめんなさいっていう感じしか出せない。

そして特徴として「私の書いた本をお送りします」って住所を聞かれて教えるんだけれど、結局めったなことでは送られてこない。きっと忙しいんだな！

いずれにしてもあまりにも違う世界なので、近づくことさえできない。勝手もわからない。バカにしてるんでもなんでもない。ほんとうに違う業態なのだ。こちらが正しいとかでもない。こちらが規模が大きいとか正統派だとかでもない。時代の変化なんだろうなとも思うし。

違いすぎて参加できずなにも言えないだけなのだ。そう思うと、作家の生活とか編集者とのやりとりなど、この世のほとんどの人が知らないいんだろうなと思う。地味なやりとりのくりかえしでお仕事が成り立っている。経済もあまりに透明で、透明すぎて逆に税務署に疑われ続けているくらいだ。

わけてもいちばん謎なのは、まずその世界では「お金を払ってなった友だちは基本友だちではない」「ネットの上だけで語り合った人は実際に自分の生活にいる人ではない」という大前提が見事に取り払われていることで、今の時代はそんなにも人と人が出会うことがむつかしいのだろうか、と思わずにはいられない。

淋しい時代なのかもしれないなあ、と思う。確かになにかを探求したり、だれか同じ人を好きだと仲良くなりやすいから、それはそれでいいのかもしれないけれど。

長い目で見たら、その少数の人たちにお金をずっと出してもらって稼ぎ続けることはほんとうにたいへんなのではないか、と思う。

でも業界の中ではきっとなんとか回っているのだろうし、いいのだろう。

そんなときも、書いている私の目の前ではいつも、目の前の家の老夫婦が洗濯ものを小さいベランダに干している。夫婦でチームを組んで、大物から順番に、枕まで規則正しく。

乾いたらふたりで仲良く取り込んでいる。腕の使い方とか、身のこなしがあまりにも効率的でもはや感動的なのだ。

　彼らは太陽を信じているし、平和を信じている。

　私なんて寝室に陽が当たっていると陽が当たっている部分にぐしゃぐしゃに置いたふとんを「おお、干してるのといっしょではないか」と思って満足しているような状態だというのに！

　そういうのを見ると心が落ち着く。ただただ書いていこうと思う。セミナーよりもむしろ彼らにお金を払いたいくらいだ。

豆がデカい

◎ふしばな某月某日

「穴八幡ってむじなの神様なんじゃ」と姉が言うのだが、そこのお札を何十年も貼っているので続けている。形も好きなのでいいような気がする。

　一陽来復のお札を求めて毎年行列ができている。近年ではお参りの列とお札を買う列がきっぱりとふたつに分かれ（以前はお参りしてからお札の列に並んでいた気がする）、効率よくなっている。

　となりのお寺では「こちらが元祖」とご近所の元祖問題あるある、「餃子のハルピン」的な状況も謳われていて、考えさせられる。

　20年くらい前にこのお札をいただきにいって、今はもうなくなった早稲田の珈琲専門店になんとなく座っていたら突然に至福の気持ちがわいてきて「宇宙のすべてがわかる」みたいな感じでめくるめく光のようなものが頭に炸裂したことがあり、よくコリン・ウィルソンが書いていたその感覚は数日間かけてゆっくり消えていったのだが、その良き思い出も加味されているのかも。

　春日の「カルタコーヒー」[*22]に寄ってコーヒーを買う。さすが元時計職人、全ての動きが正確で、豆の均一性は特筆すべきすばらしさ。薄めに入っているのにしっかり香りがある。すてきなお店だ。近所にあったら毎日寄るのに。

　実家に寄ってお札を置いて、おつまみとビールをいただいてから、懐かしい神保町のハンバーグ専門店に寄ってみる。当初はひき肉を目の前でひいていたが、今は普通の洋食屋さん。学生さんがお腹いっぱい食べられるところは変わっていないのでいい感じのまま。あの、ハンバーグ専門店とかステーキ屋さんにセットの汁物がお味噌汁でない店なら必ず存在するコンソメ＋小さく切った玉ねぎにんじん豚肉＋こしょうというスープ、あれはどこから来たのだろう。業務用でパックが存在するのか、伝説のレシピみたいなのがあってそれを各店舗で作っているのか、わからないけれどすっごく懐かしい。コンソメの味は明らかにキューブの味。そこがキモ。

作家になったばかりくらいの私のゴールデンコースは「書泉グランデ、三省堂、神田伯剌西爾[*23]」か、「書泉グランデ、三省堂、ザ・ハンバーグ[*24]、その1階下の古瀬戸珈琲店（坂下のアートのほうではなく）」だったなあと懐かしく思う。最終的にはコーヒーを飲みながらの読書というのが最高だった。

城戸真亜子さんの陶器の良さが当時全くわからなかったけれど（実は今もあまりわからないのだが）、時を経て見るとちゃんと味があり、なによりも心がこもっているので、なんだかかわいらしく愛おしく思えてきたのが自分の年齢の変化だなと思う。

私の家にはイイホシユミコさんの器もいくつかあるけれど、経年により、全く変化がない。特に愛着もわいてこない。でもいつもすてき。何を載せてもすばらしい。それが彼女の強みだなと思う。

逆にタイラミホコ[*25]さんの器は、生活に寄り添いだんだんと深みと味が出てくる。ちょっとムラがあったりでこぼこしているんだけれど、そのぶん暮らしと一体になってくれる。これでもし価格設定が間違えていたら少し悩むと思うのだけれど、タイラさんはいつも全くもって怖いくらいに正確な価格設定なので、「がんばらないと買えない値段ではないが、ものすごく愛おしい」という最高の状態ができあがる。

いただきもののジノリだとかデンマークに行ったときアウトレットで買った安いロイヤルコペンハーゲンとか集めたマグカップだとか、いろいろなものがあるけれど、自分の生活の感覚の落としどころと快適をタイラさんが教えてくれたし作ってくれたなと思う。

「ザ・ハンバーグ」のハンバーグ

健康は健康を呼ぶ

◎今日のひとこと

注　この記事、1月に書いたんですが、すごいと思いませんか（自分で言うなよ）。占い師に転職しようかな……！
ストレスはともかく、みなさんがこんなにも家にいて睡眠をとったら、しかも空気もいいし、みなさん少し健康になるのでは。4月コロナの今、そう思います。

こんなにゆるい私でさえも、インフルエンザっぽい激しい咳の人が電車で隣に座ったりするとマスクをし始めたり電車を降りたらうがいしたりする今日この頃、東京って人が多

外が見たい

すぎるよと素朴な気持ちで思います。

たとえばもちろん香港だって混んでいるんです。歩道がぎゅうぎゅうになったり夕方大渋滞になったり。

でも、あの「どうしよう、風邪ひいたら、めんどうだなあ」という独特の気持ちにはなりません。あの気持ちになるのは日本人がいっぱい乗ってる飛行機の中と東京の人混みだけなんです。

お正月に飲み過ぎ食べ過ぎてちょっと体が重くなったので、いつもは忙しくてさぼりがちな漢方薬、お灸、足裏マッサージをきちんとして、ストレッチだけではなく15分だけステッパーを軽く踏んで、夜遅くに仕事を入れないようにしたら、かなり長い期間落ち込んでいた体調が、ちょっとずつ、ちょっとずつ戻ってきたのです。

じわじわ、じわじわと何かが浮いてきて、それによってますます具合が悪くなり、そこでふだんなら耐えきれなくなって出かけてしまうのをぐっとがまんして、ＣＳ60でひと押ししたら、突然目の前が明るくなって、あれ？　今自分は生きているし、体のメンテナンスって楽しいなという気持ちになったのです。

「ここまで時間をかけないと、休まないとだめなのか。現代人ってほんとうに健康じゃないんだな」と思いました。

過労の壁は、薄皮を剥がすようにしか良くなっていかないことも、その途中でむちゃくちゃ具合が悪くなることも、知っていたつもりがまだまだだったのだなと思いました。

その時間のかかる感じはちょうどダイエッ

トと同じ感じ。

え？　ここまで節制しても全く動きがない？　と思う期間を忘れるくらいまで続けた頃、急に体重が減り出す、あれと全く同じ感覚でした。


健康がいちばんです。

なにをするにも健康でないと始まりません。健康であれば、楽しく、ごはんがおいしく、健康でないもの（大量の飲酒とかドラッグとか）に手を出す気持ちにもならないし、変な場所にも行かないし、変な気をもらうこともない。健康な未来を思って楽しい気持ちでいられます。

そして健康な人がひとりいると、吸い取られてその人が減るというパターンだけではなくて、まわりもなんとなく元気になって元気をあげられるようになります。ほんとうに健康な人って、吸われたらその場からすぐ去りますしね。

このことの持つ素朴さがものすごく重要な時代がやってきた気がします。

見事な巻き

◎どくだみちゃん

雨の日

予約していたお店に間に合うようにカフェから出たのに、突然激しい雨が降ってきてタクシーが全く見つからなくて、10分くらいずっと道に立ってタクシーを待っていた。

雨はどんどん激しくなり、傘に入ってはいるけれどもかなり濡れた。

予約していたお店に電話を入れ、タクシーが拾えないけれど、ランチタイムに間に合えば必ず行きますのでと伝える。

それにしてもその間も全くタクシーが来ない。

「どうする？　あと10分来なかったらあきらめる？　雨も強くなってきたし」

ランチを食べに行く前の待ち合わせでいっしょにお茶をしていた女性に私は言った。

彼女はごくふつうに、笑顔でもなくかといって不機嫌な様子もなく、

「私は全然大丈夫ですよ。雨も大丈夫だし、もっとずっとここで待っても全然平気です」

と言った。

その自然さが、私の心を突然にすうっと落ち着かせた。

そうか、別に平気なんだ。行ってみてもうランチが終わっていたら、またそこで考えればいいんだ。雨が降っているからってなにが起きているわけでもないんだ。

男女の心の違いについてはよくわからないけれど、そして自分は女だけれど、そうか男

性がこんなふうに困ったり気をつかったりテンパっているときに、こんなふうに言えるだけでいいんだ。しかもほんとうは雨でいやなのにうそをついてそうふるまうのではなく、「なんでタクシーを呼んでおかない」とイライラするのでもなく、歌うみたいにあたりまえみたいに、そんなふうに言ってもらえることだけを願ってるんだな、きっと。

そう思った。

あなたといることに、この世に、くつろいでいるんですよと示すだけでよかったんだと。

お兄ちゃんと猫

◎ふしばな
香港だけの

前にも書いたが最初に行った香港はまさに旧正月で全部の店がお休み、屋台とホテルでしかごはんを食べることができず、一応夜景を見たり、九龍城に忍び込んでどきどきしたりしたわけのわからない旅だった。だからほぼ記憶がない。セブン-イレブンのおでんに八角入ってる！　っていうくらいしか。

2回目は大きな仕事で香港にいるときに父

が危篤になり、飛行機を探しているうちに死んでしまい、茫然としたまま飛行機の時間を待った。

　そんな悲しい気持ちで眺めたからだと思っていたのだ。香港で夕暮れがやってくると南国の光と雑踏の雰囲気が相まってきれいすぎて気が遠くなるような感じがするのは。

　縁あって、最近ひんぱんに香港に行くようになった。

　私の行く香港だから基本庶民そして庶民がちょっと背伸びしてランチで行くような店にしか行ってないのだが、だから香港の奥深いビジネス世界を見ていないのだとは思うのだが、それでも、いつもあの場所で夕暮れがやってくるときゅうと胸が締めつけられるような感じがする。

たとえば台湾は違う。夜が来ると安らぎも訪れる感じがする。台北の夕暮れはのんきな南国の夕暮れの感じがある。ちょうど伊豆みたいな。

　それから同じアジアの国である韓国も違う。もっと勢いのあるギラギラした光が満ちて、夜はロマンチックにどかんと切なく落ちてくる感じだ。

　そのどの気持ちにも少しも似ていないのだ。

　香港はとても地価が高く、お店もどんどんできてどんどんつぶれる。人は夢を持って仕事をしに来て、そして夢破れて去っていくことも多いのだろう。

　狭いところにたくさんの緑があり、港があり、高層ビルがある。そして複雑な歴史がある。お金の動きも大きい。

　映画「悪の法則」[*26]の悪も、最後は香港を目指していた。

　刻まれたあまりにも多様な人々の気持ちが、夕方になるとそこここに浮かび上がってくるのかもしれない。

　多くの夢が泡のように消えていった、その雰囲気が香港の一部なのかもしれないと思うようになった。


　前に行ったときは小学生の男の子を連れていた。

　今は自分とアシスタントだけの気楽な旅、身軽である。でもいないあの子どもが懐かしくて少し淋しい。だからかな？　とも思った。

　でもそうではなかった。香港の空気に含まれている、ギラギラとしていない、もっとはかなく淡い夢のようななにか。

　それは何回行っても同じようにやってくるのだ。

　香港の情勢が安定していないこととも関係ない。親が死んだから切ないのではなかったのと同じに。

　香港の光と風がそう思わせるのだと思う。あのとき、親を失って気が抜けた心に降り注いでいた光。今、小さい子が隣にいなくなってあの頃を懐かしむ私に優しく吹く風。

　スタッフと別れて自分の部屋に行くと、今までと違う、ひとりになる。

　今まではそんなときいつもごろごろだらだらしてる子どもがいたのだ。

　ひとり、そうか、本来ひとりだったんだ。それもいい。そう思う。

　時間の流れが狭いところに濃厚に重なった、南の匂いがする夕方をとても好きになった。

◎よしばな某月某日

　大戸屋とサイゼリヤがつぶれる街なんてあるのだろうか？　びっくりする。それが下北沢！

　そんなことを思いながら、「本屋Ｂ＆Ｂ」

ホテルの窓の外はこんなにもすぐビル

に舞ちゃんのカレンダーの絵の展示を見に行った。神様カードといい、あんなにきっちりした絵なのに完全に手書きで絵の具の重なりや発色がとてもきれいで、原画はいいなあと思う。

　舞ちゃんが下北沢にいた時期、子どもが小さくて私は代沢に住んでいた。舞ちゃんの家は坂を下りたらすぐ。少し歩けばりえちゃんとみゆきちゃんとはっちゃんに会えた。

　それが私の下北沢の黄金期だったと言えよう。

　はっちゃんはワンラブブックスの立ち退きで埼玉に引っ越し、りえちゃんは転職し、みゆきちゃんのところはまだあるけれど、ちょっと味が変化したのと、置いてあるスープとサラダを自分で盛りつけるのが面倒でランチに行かなくなってしまったし（おひとりでお店を切り盛りしているので決して批判しているのではないし、みゆきちゃんの料理は天才だと思うのだけれど、とんでもない屋台とかにも行ってるくせに私はどうしてもオープンになっているスープとサラダが苦手なのだ、だからビュッフェもふたがしまってないとスープは飲まない。サラダバーほぼ食べない↑注　これも1月に書いてるんですが、すごくないですか？　この備え感。占い師に……以下略）、子どもは巨大になってくっついて歩いてくれなくなったので、全てが変わってしまった。

でも変わるのが人生だから、今は今の楽しさがあるのがいちばんありがたい。

ただ、あの時期のすばらしさはいくら思い出しても胸がいっぱいになるくらいだ。

あの時期だけの人間関係だったし、子どもが作ってくれた時間だったのだろう。

黄金期を過ぎたらもうその場所にいなくていいんじゃ？　というふうには決して思わず、残り火の良さとか、今の家の快適さとかをいくら噛み締めても甘い味しか出てこない。

白目を剝きながら、鼻血を出しながら、人生後半の今の状況を勝ち取ったとも言える。資金も潤沢ではなく、トラブルもたくさんあるのが人生だからいろいろあるけれど、やっぱりいちばん大変な時期は過ぎた気がする。そしてそのたいへんな時期に、前出のことが寄り添っていてくれたことに感謝しかない。

舞ちゃんとちょっとしゃべって、旅のせんべつなど渡して、舞ちゃんが下北沢にいるのって懐かしく嬉しいなと思いながら、「本屋B&B」で電子では買えない本ばかり（というかできれば写真を紙で手に入れたい本）をたくさん買って、重いなと思いながらも嬉しく抱えて帰る。そういう書店の楽しみってやっぱり永遠に不滅だと思う。帰りにカフェに寄れたらなおいい。カフェでコーヒーを飲みながら、買った本を拾い読みしたりするのって、幸せすぎる。意外に外が暗くなるまで読み込んだりしてしまえたら、もっといい。

書店もあんまりにも大きすぎると（ジュンク堂とか）、ある程度目星をつけないと巡れないので、このくらいのセレクトショップ感がちょうどいいなと思う。

「この文化は、小さくなるけど絶対にすたれないな」と最近確信して、ほっとした。すたれたらわしまですたれてしまうのじゃから。

大好きな杏ちゃんが大変なことになっている頃にはあの事件（きっとこれがアップされる頃にはいろんな意味で消えてるだろう話題）だけれど、私の感想は「彼って、元気だなあ」というものだった。あんなにたくさん子どもを作りながら仕事をして、さらにまだそんなことができるなんて、どうか私にそのわりとムダに使われている気がする体力を分けてほしい。

小籠包

超える

◎今日のひとこと

グウィネス・パルトロウの「グープ・ラボ」[*27]を観ました。かなり攻めた内容で、彼女の健康に対するセンスの良さがよくわかるし、ロスでお金がある人たちの感じとか、どのくらい運動しているかとか、ファッションとか、知性とか、いろいろなことがわかりました。

センスのいい彼らはアメリカにいる若い友人知人の感じに似ていて、ちょっと懐かしい感じ。

グープの社員のあらゆる知性が創りあげたわくわくするサイト（ただし高い！）は記事

松葉に雨つぶ

も面白いんだけれど、日本版はまだまだ淋しくて、もともとある文化との違いを感じます。

日本がお金持ちだった頃は、女性誌の編集さんなんてみんなびっくりするほど高級なブランドものばっかり持っていたし、ヨガ系の人もまちがいなく高級自然服を着ていたよなあ、と懐かしく思いながら。

そしてグウィネスの複雑なデリケートさが垣間見えて、この人はあらゆることに傷ついてきたんだなあということもよくわかりました。女優さんにあってほしい図太さが全くない感じは、ちょっと菊地凛子ちゃんを思い出させます。

「グープ・ラボ」は全部面白かった[*28]けれど、その中に異色のワイルドさを持つオランダ人のおやじがいたのです。現代のヨガマスターのような状態の人。氷水の中で泳げるようになった人。

彼はもともと氷や冷たい水に親和性があったのであそこまで到達した、それはわかるのです。「ジョジョ」シリーズでそれぞれが違うスタンドを持っているように。「鬼滅の刃」でそれぞれ違うエレメントの柱がいるように。

水谷くんは卓球じゃなきゃダメだし、錦織くんがテニスでなくちゃだめなように。

だからみんながみんな冷やせばいいってものじゃないっていうのはよくわかります。

でも、超えたときに見る景色はみんなひとつだと思うのです。

なんてことだ、できた、それなら他の人にも可能性があるはずだ、知らせたい（これは私も同じ）し、使い切りたいし、可能性を最後まで見たい、そう思うところも同じだと思います。

やり方に問題はあったけど、戸塚ヨットスクールも似たようなことだったんだろうなあ……。

ただ、とにかく呼吸法をやって日々体を冷水で冷やしてる人たちの自然に静かにアドレナリンが出てる感じ、肉体を十全に使っている感じ。その印象は心に強く残りました。あの感じはこれからの時代を健康で生きるための大きなヒントだなと思いました。

◎どくだみちゃん

雪

70年代のある夜、東京に大雪が降った。

両親が寝静まってから、姉とふたりでこっそり家を出て、大雪の不忍池を散歩した。

それは強烈な体験だった。

毎日見ている世界が真っ白に変わり、全然違うものになっていた。

靴の中まで濡れ、髪の毛までびっしょり、

松葉に雨つぶ2

服も頭も雪につもられながら、ちっとも寒さを感じなかった。

無人の、雪しかない世界に魅せられたのだ。


オレンジ色の光の灯る吉野家で熱いお茶を飲みながら牛丼を食べた。

世界中のどんなシェフが作る料理よりもしみたしおいしかった。

帰りは眠くてふらふらになって、翌朝遅くまで寝ていた。

起きたらまだ世界は曇っていて全ての屋根は真っ白だったけれど、あの魔法はもう消えていた。


海や山や風や焚き火や雪はときどきそういう力をふるう。

おそろしい被害が出たり、事故があったり、もちろんいいことばかりではない。

でも確実に自分の中にある何かが呼び覚まされる。

そこにまだあったのか！　とびっくりさせられる。

小さなバラのつぼみがひそんでいます

◎ふしばな　わかってくれる

　私にQちゃんのタトゥーが入ってるのは有名な話だが、菊地成孔さんのラジオのゲストに出たとき、「そうは言ってもドロンパが好きなんですよ」と言ったら、「おお、アメリカオバケですよね、ステーキを1ポンドくらい食べちゃうんですよね、かっこいい！　と思いましたよ、幼心に」と言ってくれて、しびれた。

　次に会ったときに、「ふなっしー好きなんですよ」と言ったら、「ああ！　同じですね。裾が閉じてるのがいいんですね、Qちゃんみたいに開いてるときっとダメなんだ」と言ったんですよ。

　この、なんだかわからない深いところをわかってもらえた感。これはもう魔術だし、私もいろんなところで駆使しちゃってるからトラブルが絶えないんだろうなと思った。かといって黙っているわけにもいかないし。

　菊地さんはトラブルと共に生きるのを楽しんでいるところもすばらしい。

　それぞれが持っている魔術というのは、いい方にも使えるし悪用もできるから、決していいとか悪いではくくれない。

ただ、才能というのは使わないと減るし、減ると生存の危機を感じるようになっているから常に回転させてないといけない。

　そしていつでも「この才能の持つマイナス面をとにかく感じさせないでいてくれる人と過ごしたい」と願ってしまうものなんだろうと思う。

若き日のあるとき、とても才能に溢れたとある女性アーティストが舞台の上で「もう歌いたくない、あれもこれもいやだ、セットがうまく動かなかったのもいやだ、もういやだ」みたいなことをぶちまけているのを観たことがある。

才能があるとたいへんなこともあるんだろうなあと思いながらも、見ていてあまり気持ちのよいものではなくて、「なんで気持ちがよくないんだろう。ひとつには金を払ってつらいものを見るなんて拷問だから、あと、本音を見せればファンもわかってくれるという甘えがめんどうくさいのと、大勢のスタッフが動いてこの舞台が実現しているのに、それをわかってなくて子どもっぽいからだな」とすごい反面教師的な学びを得た。

それは明石家さんまさんが「喉を痛めて声が出ないときはもうひとつの声を出せばいい、絶対出るから」（ひとつ高い声、裏声みたいなものか？）と言ってるのと対極のことだなと思う。

大人になるってすばらしい。責任もあるし、きついこともあるし、孤独だけれど、大人になるってそういうことなんだと思う。

大衆の価値観というのを細部までは信じていないけれど、大衆の直感ははずれなしだと思う。

ほんとうになにかに取り組んで、それがすばらしい成果をあげていれば、必ずだれかがわかってくれるものだと思う。

さんまさんの人気は説明しなくてもみんなわかっているし、そのアーティストは今や活動を休止している。とても優れた才能を持っていたと思うのだが、育たなかった。大人にならなかったということだろう。

売れるほうがいいとかでは決してなく、大人になれない度合いでそうやって結果もしっかりと違って出てしまうんだなとしみじみ思う。

乗りもの、いつも

◎よしばな某月某日

ふつうのブログで書けないことを書こうと思うあまりに、なんだかだんだん暴露コーナーみたいになってきたぞ！

でも書いてしまう。

これからの時代、接客のプロがいっそういなくなってくると、その才能を持っている人ってひっぱりだこになってチップ制も負けないくらい高給取りになるのではないだろうか。また、本人もそれを目指していいと思う。そのくらいプロが少ない。

コンセプトを考えるほうの人にいくら才能があっても、現場に活気がなかったらもうおしまいなんだということを、なんでわからないんだろう。いや、わかっているけれど、人がいなくてもうどうにもならないところまで来ているのだろうなと思う。

渋谷に新しくできた某建物の地下のフードコートのようなところ。コンセプトは最高に楽しくてわくわくするのだが、現場のダメダメ感がハンパなく、わずかにあった活気を削ぐばかり。博多の駅ビルにさえすでにすっかり負けている。ついこのあいだできたばっかりなのに、何一つ育ってない。落ちていくばかり。すごいなと思う。

いくら数々の名店からすばらしい料理人を呼んできてきれいな箱に入れても、お客さんがわくわくしなければいっしょだ。

夜の9時過ぎると、お店の人は疲弊して(そんなに混んでないのに)もう何もできない状態に近づいている。某有名うどん店も、本店のような(行ったことないけど多分)活気はない。ただただ疲れている。揚げ物はへなへなになって衣ばかりが大きく、丸亀にさえ負けてる。接客も横柄でいばってる。少なくともお客さんが来て嬉しい、ありがとうという気持ちが全くない。「君も揚げ卵食べる?」と連れに聞いたら、店の人が「揚げ卵はそれが最後の1個です!」と言い放つも、「ごめんなさいね〜」さえないので、従業員同士のやりとりかと思った。だいたいまだそこにいて開店してる時間なんだから、揚げりゃいいんじゃないのか? もし火を落としてたなら普通は「ごめんなさい」だろう。

「ごめんなさいね! 今日はよく売れちゃって。また来てくださいね」とか「よし、揚げましょうか!」とか「おわびにちくわ天つけますよ」とかから、お店の楽しさや顧客の確保は始まるのでは？

　というわけで私はもう行かなくていいなと思ったので、こうして少しずつ、人がいなくなっていくわけだ。

　経営側やコンセプトを練る側は、首をかしげる。なんでだんだん人が来なくなったんだろう？　東京の人は飽きっぽいからなあ、と次を考える。

　ちゃんと楽しくおいしく食べてないから、どんどん人々は体調を悪くする。悪循環だ。

　ああ、あの場所が見た通りのわくわくした場所だったら、毎日でも行って元気もらうんだけれどなあ、と一市民として思うばかりだ。

　下北沢に「玉金」という店がある。できたときはチラシなど配りながら「玉金です！」と若い女子が言っていて胸が痛んだが、先日その近くに松屋のステーキ屋ができた。

私「松屋のステーキ屋ができたよ。赤身がおいしそう、なんだったかな、リブロース？　リブアイ？」

夫「場所はどこ？」

私「玉金のとなり」

夫「内もも？」

夫は肉の部位が玉金のとなりの部位だと思ったわけなのだが、まるでアンジャッシュのコントのようだ……！

「アンジャリ」の美しいカウンター

派手

◎今日のひとこと

自分の書いてきた歴史の中にスランプはなかった、と言うとすごく聞こえはいいのですが、それどころではなかったというのが事実でしょう。

常になにかを養っていて、働いて働いて鼻血が出るほど働いてきたという、それだけのことということか。

小説に関しては、私が書きたくて書くというよりは、お話がそれを要求してくるので、私にできることはわかりやすく整えて自分風味にすることと、媒体に合うように色をつけることくらいです。

アイリス

それでも、どんな短編であろうと長編であろうと、書いている途中で魂の闇みたいな時期が必ず1回あるのです。

例えて言うなら、ちょうど旅の日程の真ん中あたりに急に疲れが出て体調を崩したりもめごとが起こるときみたいな。風邪がよくなる直前にぐっと悪くなるみたいな。ダイエット中に膠着状態になって精神的にも落ち込む時期があるみたいな、そんな感じです。

そこであがいてたくさん書こうとしてもいいものが書けないし、いったん離れて寝かしすぎてもピンボケてしまうし、手綱だけちょっと握って「いやだなあ、この期間」と思いながら、最低限の文法の直しなどするのですが、それはそれははっきりしなくてモヤモヤするし、モヤモヤを追いかけすぎてもいいものは書けないしで、ほんとうに冴えない気持ちになるのです。

でも、この期間をどう過ごしたかが小説の出来にかなり影響するという傾向にあるとき気づきました。

結局はその小説に対する愛があることだけが光なのですが。

その暗い状態が長く続けば続くほど、大きな変化や意外なアイディアが小説の中に出てくるのです。

もしかしたらこれって、人生にも応用がきくのかも、人生そのものなのかも、と思います。

その地味な期間が、華やかで目立つ全てのものを支えているのかも。

またも夏みかん

◎どくだみちゃん

時計

　今ははんこ屋さんかなにかになっている、小さな店舗。

　そこには昔、文房具のセレクトショップがあった。

　とてもおしゃれで、ちょっとしたプレゼントなど買うのにふさわしい、センスのいいお店が。

　赤ちゃんを抱っこしてよく行った。

　小さなお店の中にはすてきなものがたくさん並んでいて、目が落ち着く感じがした。

　そこで思い切って買った数万円の大きな電波時計。

　私の人生のいちばん大変な時期を、全部見ていた。

　犬たち、猫たちの死。親たちの死。友だちの死。子どもの成長。2回の引っ越し。旅に出るとき、帰ってくるとき。

　時計は常に正確に電波を捉え、今は何時だとうちに来ていた多くのバイトの人も同じところを見上げて確認しただろう。

　お店はなくなり、時計はずっとうちにそのままあった。

　そして16年めのあるとき、急に狂い始めた。ぐるぐる針が回りっぱなしになり、日付もどんどん進む。

　そのうちなんだかわからないが振動で留め具が折れて、ものすごい音を立てて床に落ちた。

　落ちた場所の全てのコンセントが重みで引っこ抜けて、ＴＶもアレクサもＣＤプレイヤーも動かなくなってあわてて入れ直した。

　こんな派手なお別れはないよな、と思いながら、その年月に泣けた。

フェンネル

◎ふしばな

中目黒の夢

たまに夢の中で夢を見る。

　そして起きたとき、1個目の夢のことは現実のことだと思っている。

そうじや身支度などしばらく活動しているうちに、待てよ、あれって夢だったよな、考えてみたら現実に体験してないもん、と思う。

こんなことでは、ほんとうにボケたときに派手になりそうで心配だ。


夢の中で私は午後遅くの中目黒にいた。

お昼を食べていなかったので、なにか食べて帰ろうと思った。

「そう言えば、この間Rちゃんに教わった台湾の人がやっている餃子の店が、そのガードの裏の狭い道を抜けて、線路を越えたところにあった」

と私が言い、その通り行ってみようと思った。Rちゃんが教えてくれた道はとても狭く、昼までも全く人気がなくてひとりだとちょっと怖かった。あのときはRちゃんがいたから、なんでもなかったんだな、笑いながら歩いたもんな、と改めてあのときの楽しさを思い、夜は通れないないなと歩きながら考える。丸いトンネル型のガード下をくぐって、数軒の店のある並びにその中華料理屋はあった。ちょっと古いたたずまいながら、活気にあふれていて、メニューの種類もたくさんあって、それが表の立て看板にはりだしてある。

まず入り口でちょっと並んで注文を言うのだが、北京語しか通じなくて、私はセットを頼んだつもりがテイクアウトのセットを頼んでしまったらしく、餃子とスープが包まれて出てきた。

「これ、座って食べたいんですけど、ビールも注文して」

とおばさんに言ったら、それは外に持って く奴だからほんとうは店で食べるセットじゃないんだけど、いいよ、そこに座んなさい。包んであるけど開いたらいっしょだから。とたどたどしい日本語で言って、私は大テーブルに座り、青島ビールとグラスを持ってきてくれた。時間帯が遅いせいか、大テーブルだけれど正面に人はいなくて、店を見渡すことができた。

　夢の中でもちゃんと青島ビールを外さないところが私のいやしさの反映である。

　焼き餃子はすごくおいしかった。スープの中にも水餃子が1個入っていて、それもおいしかった。

　そこで目を覚ましたのだが、そのときの私は完全に「この間Rちゃんとあの道を通ったよな」と思っていた。しばらくしてよく考えたら、中目黒にあんなガードはない。特に今はきれいになって店などたくさん並んでいるので、あんなに人気がない状態自体がありえない。

「Rちゃんに教えてもらった道のところも夢だったのか！」

　と私はびっくりした。そのくらいリアルだったのだ。でも実際の私とRちゃんは目黒川沿いのビルの中の小ぎれいな中華に行った後、中華の流れでと「明天好好」[*29]に行って、すっぱいソーダを飲んだだけである。

　中目黒の餃子屋さんの、店外に出ているメニューも、餃子を焼くおじさんの帽子や白い服も、テイクアウトの包まれたパックも、それを座って食べさせてくれたあのおばさんの顔も、ビールのグラスが濡れていたことも、店内の明かりの様子やテーブルの形まではっきりと覚えているのに、架空なのである。

　あそこはこの世のどこかに存在する店なの

「つゆ艸」のプリンはいつも食べたい

だろうか？　次元を超えてまぎれこんでしまったのだろうか？　そのくらいリアルだった。
夢ってほんとうに奥が深い。いつかあっち中心に暮らす日が来そうでこわい。まあいいか、少なくともうまい餃子はありそうだし。

◎よしばな某月某日

自分は家で仕事があって、夫がお父さんのところに世話をしに行って、子どもはバイトだデートだと夜遅くまで帰ってこない、そういうときがたまにある。

子ども抜きの私なんて行っても特におじいちゃんは喜ばないというのもあり、親子だけの時間と全員でおじいちゃんを訪ねるときをめりはりで分けている。そのほうがおじいちゃんも刺激があっていいだろう。

少し前の写真を見ると、小さい子とおじいちゃんで遊園地に行ったりしている。あの頃はおじいちゃんが歩けて元気だったんだなと思う。時の流れは切ない。

そういうわけでひとりで家にいることになった。

仕事は山積みなので座って書くのはいいが、それに区切りがついたときに横たわったらもうアウトである。気づくと夜になっている。陽に当たらないと健康を損なうと安保先生[*30]も書いていたので、とにかく横たわらずに犬の散歩に行く。

なにかと日なたの道を歩いて日光を稼いでいるのがせこい。

しかし、確かに夏に海に入ると冬風邪をひかないって言われているのは、それかもしれないと思う。海のヨードだけではなく、海水浴はなにかと日光にたっぷり当たるからだろう。

近所にテスラの車が無防備に道沿いにずばんと置いてある家がある。たいへんかっこいいデザインで、近くでまじまじと見てしまう。テスラのTがデザインされた企業ロゴが燦然と輝く。夫がいるときはいつもそれを見ては「T, T, Tティティティ〜！」とふたりでつぶやきながら通る。平和な夫婦だな〜。

初動のダルい部分さえ越えれば、そのまま勢いに乗って掃除や片づけもなんのその、うたた寝という名の大睡眠をとらずに、「今日ってなんだかちゃんと動いたな」という日になる。なにもしないで夕方が来ると、そしてひとりだったりすると、いつも子ども番組が鳴り響き、小学校からちびっ子がシッターさんに連れられて帰ってきた頃のことを思い出してちょっと淋しくなってしまう。本を片づけていてあの頃の猫の毛が挟まっていたりすると、泣けてきたり。

あの時間はかなり子ども本位の人生で、自分本位に動ける日なんて永遠に来ないのではと思っていたが、あっという間だった。もうハワイなどに行ってもカラフルなおもちゃ屋に寄らなくていいのが、まだ信じられない。

思う存分仕事ができるのはいいが、工夫しないと廃人になってしまうので、自己管理ってほんとうに大切だなと思う。

夜になって調子が乗ってきたからって、心のままに徹夜で仕事などし始めたら、多分すぐに昼夜は逆転して、日に当たらなくなる。私は心のどこかで知っている。人類は日光を浴びないとやばいということを。それは気持ちの動きとは関係ない、体の訴えてくる本能的なものなのだ。

おさんぽ

かっこE

◎今日のひとこと

「ワンス・アポン・ア・タイム・イン・ハリウッド」[*31]を今さらやっと観たのです。

ちょうど同じ時代の中でいちばん輝いていた俳優たち（レオナルド・ディカプリオとブラッド・ピット）が初共演ということで、映画館で観たかったけど、行くひまがなかったのです。それでネットで観られるようになって即観ました。

タランティーノが思い切ったなあと思ったのは、ネタバレを避けながら言うと、シャロン・テート事件を詳しく知らないと全く意味

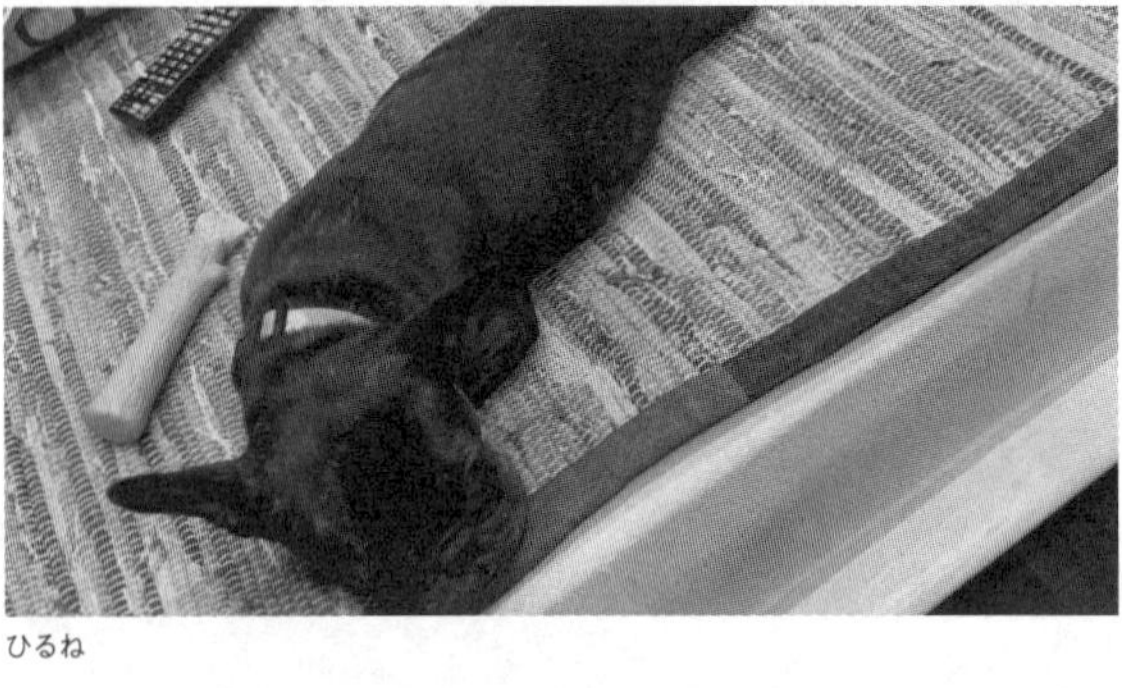

ひるね

がわからない映画を撮っちゃったってことで、あの事件が私たちやちょっと上の世代の映画好きにどんなに深い傷を残しているかよくわかりました。

　シャロン・テート役のマーゴット・ロビーが映画の中で惨殺される代わりに天使みたいにごきげんに微笑んでいるだけでちょっと泣きたくなるほどです。

　その思いはタランティーノにとっていちばん強いものであり、彼が彼の思うヒーロー像を使ってその歴史を変えたいと思ったことがよく伝わってきました。

　かなりだらだら長いし、伝わりにくいところもあるしで、映画として優れているかどうかは微妙なのですが、彼の描きたかった空気はすごくよくわかりました。

　私はもはや古い人間で、昔ってみんなたばこを吸うし、酒を飲むし、言いたい放題言うし、暴力も満ちていたなと思うんですよ。そんな時代は終わったよなとわかってはいます。暴力いやだし。

　でも、映画の中での概念……「兄弟以上妻未満の奴との終焉が近づいたら、共に酔い潰れるのが正しい別れの儀式だ」とか、古い知り合いが窮地に陥っているかも？　と思ったらとりあえず体を張って様子を見に行くとか、気に入らないものがあったら深く考えずにとり急ぎどけるとか、その感じは一生続けたいなとしみじみ思いました。言うなれば時代の遺産です。

　あの映画の中にあった、かわいい感情、かっこいい感情、優しい感情。

それらはもう時代の奥に消えていくかもしれません。

でも、「ああ、昔の人は、シャロン・テート事件でこんなにも傷つき、こんな粋な方法でそれに抗おうとしたのだな」と未来の人がわかってくれたらいいなと思うのです。

今日は事務所お休みでだれもいないのに

◎どくだみちゃん
男心に男が惚れる

だれもが全員、私は女性としてその人に焦がれていると思っただろう。

若かったのでついでにたまにチュウとかもしていたので、もっとそう思っただろう。

でも違うのだ。

男が男に持つ憧れだったのだ。


彼はいつも爆発的に飲み、飲めば飲むほど頭が冴えてきてすごいことを言い、しっかりちゃんと酔っ払ってコケたりグラスを倒したりする、それが最高だったのだ。

彼は医学生だったのでドイツ語しかできなくて、英語は小学生以下のレベルだったのに、仕事で必要となったら1年で英語で講演できるようになるまで勉強した。

毎日映画を3本くらい観て、睡眠は2時間くらいでもいつも楽しそうだった。

信じられないくらい若いときから共同経営でお店の経営をしていた彼は毎日徹夜だったので、あるときタクシーに乗っていて寝てしまい、起こされて「うるせえ！」と意識不明のまま激怒して警察を呼ばれた話とか、
某ファストフードの看板を酔った酒乱の友だちが叩き壊してしまい付き添いで警察に連れて行かれ、あまりにもその店の店長がいやらしくネチネチと嫌味を言い続けるので腹が立ってきて「しつこい！　おまえなんて一生○○の店長をやってろ！」と言った話とか、
部活のチケットを売りに来た人に面と向かって「どうして、俺がおまえたちのつまらないお芝居のチケットを、俺の金を出して買わなくちゃいけないんだ？」と言ったのを見たときの私の気持ちはもう、まさに「こんな人になってみたい」だった。

いろいろ問題はあるのだろうが（現代なら超炎上案件ばかり）、最高だ。

あの映画の中のブラッド・ピットを見たら、彼を思い出したので元気が出たのだろう。しょうがなく、かっこよく生きていきたいと。

「今日は俺がおごる」と言われて高級な寿司屋に行って、ふたりで超ごきげんに食べまくり、「もう今日はなにもこれ以上お出しするものはありません」と大将に言われて、満腹で「じゃあね」とそれぞれのタクシーに乗って帰る。

そんなふたりだった。

それでも彼が私をいちおう女性としてかわいく思ってくれていたのはわかる。

　そういうのでいいんじゃないか？　もう、自分の限界はそれだと素直にあきらめた。というかそれが快適。だからこんなジェンダーレスなちょっと少女まんがっぽい小説が書けるのだろうと思う。

ヒーター命

◎ふしばな
それにしても

ブラッド・ピットはデビュー時からそうだったけれど、「アド・アストラ」[*32]や「ワールド・ウォーZ」[*33]の落ち着いてものがわかるヒーロー像よりずっと、頭がおかしいくらい陽気な不良みたいなのが似合うと思う。

　彼がへらへらしながらちょっとずつ何かを自分の好みだけで成し遂げていく役を演じている映画だと（「悪の法則」とかもね）、これこそがかっこいいってことだよなと、人を殺してるような場面でも思ってしまう。

私は女性だからこれに憧れたら本来だめというか、「好き、抱かれたい」ではなくて「こうなりたい」と思ってしまうから男にモテないのだろう。

かといって百合にも全くなりきれず（だいたい全ての女がずるくてこわく見えるからむり）、亡きシーナさん[*34]みたいになることももちろんできず（ロック魂が足りない）、山奥で動物と生きるところまで行けず（地震が来てもぐうぐう寝ているフレンチブルと暮らしているくらいだから）だったので、ほんとうに、おじいさんになれてよかった。女でいるのにこれほど向いてない人材は古今東西なかなかいないのではないだろうか。もしや、オキーフもこれか？

でも多少ジャンルが違ってもこういう向いてない人って実はいっぱいいると思うので、人は永遠の恋を求めて生殖したり、異性をひきつけたりする以外の生き方がいっぱいあるっていうことを確認するために映画を観たり本を読んだりして、「自分は変だと思っていたけれど、これでいいんだ」と思うことが必須の生き物なんだと思う。

「自分のような考えの人は、海をへだてているかもしれないけれど必ずいる」、全ての人類がそこに希望を持つことができるということがすばらしいんだから。

知り合いなので全然批判ではないのだが、このあいだFacebookを見ていたらジョン・キム兄（この呼び方がすでにむかつきを表現しているな）が「男性に好かれる女性10の条件」みたいなのを書いていて、聞き上手だとか清楚な外見だとか出過ぎないとか才能をひけらかさないとか、もうほんとうにうんざりする内容で、でもきっとこうなんだろうな、もう男なんて嫌だな、おじいさんになってよかった、ってまた思いましたとさ。

　兄貴でさえも、食事中や男性の発言中にしゃべる女性にちょっといやな顔するくらいだから、男性とは本能的にそういうものなのだろう。

　まあ、私はいずれにしてもおじいさんというか、「[*35]映像研には手を出すな！」というかなので、降りているからなんでもいい。

　ある意味、オタクの高校生から一歩も育っていない。子どもも産んでるのになあ。

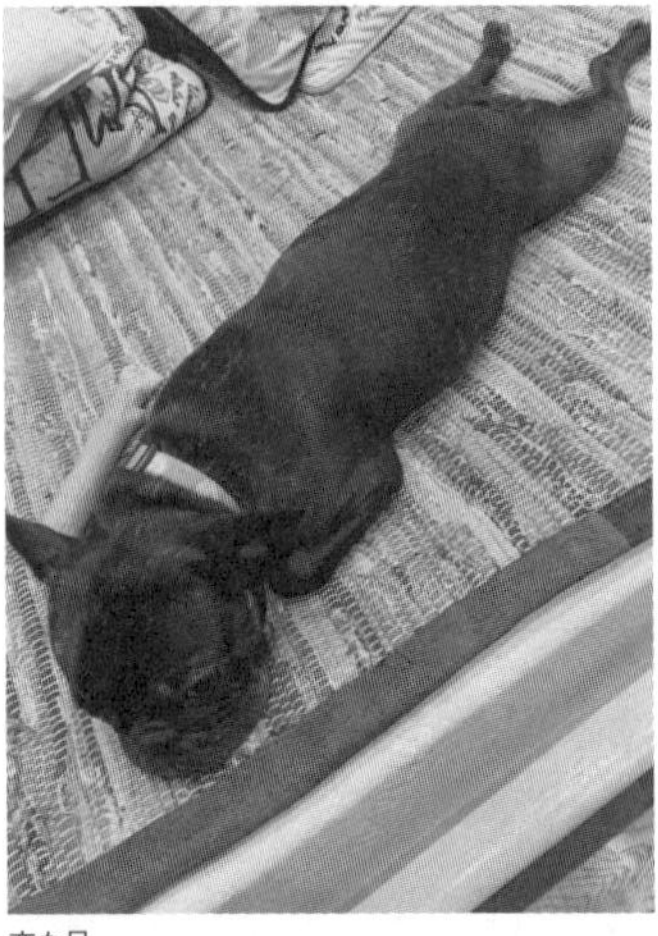
変な足

◎よしばな某月某日

ミヨさんに会いに行く。

99歳のときに、言っちゃなんだけどあまり様子の明るくない施設に入って、ずっと囚人服みたいなパジャマを着せられて、寝たきりになっちゃって、酸素まで吸入していたので「会うのは最後かもな」と思った。

　その施設では職員同士がやたらピリピリしていて、私が質問したらその若い人が他の人に私が目の前にいるのに「○○さ〜ん、この人がなんか言ってるんですけど！」って言ったことを忘れられない。人質を取られてるから言い返せないってわかっての行動だ。これからはあの映画のブラピのように、言い返そう。もう人生折り返しだし、どうせ死ぬときはこういうわけで自分の好きにはできないんだし。生きてる間くらいのびのびしたいものだ。

　そこではお年寄りが夜寝ないときに強い睡眠薬を出すので、みんな昼間もうつろ。面倒が減るってわけだ。寝かしときゃ。みんな寝てて酸素を突っ込んでおけば、動けないから楽だと。まあ、緩慢な殺人だね。

　こういうのを「私たちもへとへとです、人が足りなくて、だからしかたないんです」とか言う人って、決して介護の仕事についてほしくない。

　さて、それからミヨさんは、家族の「ここはよくないようだ」という配慮により、施設を変わった。人気の場所だったので移るまでの交渉はすごくたいへんだったと思う。

　しかしそうしたらミヨさんは100歳になっていきなり寝たきりから車椅子に戻り、ずっと園支給の囚人服みたいなパジャマから昼は洋服に着替え、会話もできるようになっていた。

　施設の違い（お金の違いではない）でこんなにも違うなんて、おそろしい＆ほんとうによかった。

あそこでなら、ミヨさんがもし亡くなっても、私も後悔はない。ミヨさんのすばらしかった人生にふさわしい扱いだからだ。

「あなたは、きょうだいでもないのに、なんでずっと来てくれるの？」と優しく聞いてくれた彼女は、はっきりしていた頃の面影を宿していて泣けた。

なのでその夜は気持ちよく飲んで食べた。心がすっきりした。私は悲しいことがあれば「とりあえず飲んどくか」、嬉しいことがあれば「なんかうまいもん食うか」という人間なので、昨今の気候や人心や食文化の乱れを大いに憂えている。ひどい時代だよと思わない日はないくらいだ。

でも、いいことも半分もちろんある。

小説をずっと書いてきて、いちばん悲しかったのはわりと消えてもいい仕事（決して手は抜いていないが、頼まれてするちょっと雑誌よりの対談本とか、今の時代にしか出せない本）ではなくて、必死で書いた小説が絶版になる可能性がたくさんあることだった。単行本でなくてもいい、文庫でいい、ただとにかく残ってほしい。それは我欲とか子孫のためではなく、私がバロウズや立原正秋やホドロフスキーの本を探し漁ったように、時代がずれていても必要としている人がなんとか見つけられる、そうであってほしかった。そうしたら時代を超えて、彼らが私を救ったように人を救えるから。

でも全てが出版社や取次の経済状況だけに左右される。それがつらかった。

しかし今や電子書籍ができたから、多くのすばらしいけど部数が出なかった本をこの世に永久に残せる可能性が出てきた。それでどんなにほっとしたか、そして役目を終えた気持ちになったか、言葉にできないほどだ。

　持っていたKindleをいつのまにかパタンと倒して寝ているとき、昔みたいだなと思って幸せになる。いつのまにか本といっしょに寝ちゃう感じが。

小さな花、お店で見たと思う

熱意

◎今日のひとこと

　このメルマガが文庫になるので（以下の理由で単行本は3以降は出さなくていいと熱望しました）、そのゲラを見るわけですけれど、自分で読んでいてもお腹いっぱいになるのに、まとめて読んだらどんなに大変だろうと思います（笑）！

「まとめて読むのに適さないものってこの世にあるんだ」とものすごく勉強になりました。まとめて読まないのを前提に、週に1回程度なら大丈夫と思って無意識のうちにちゃんと調整してやっているんですね、私は。

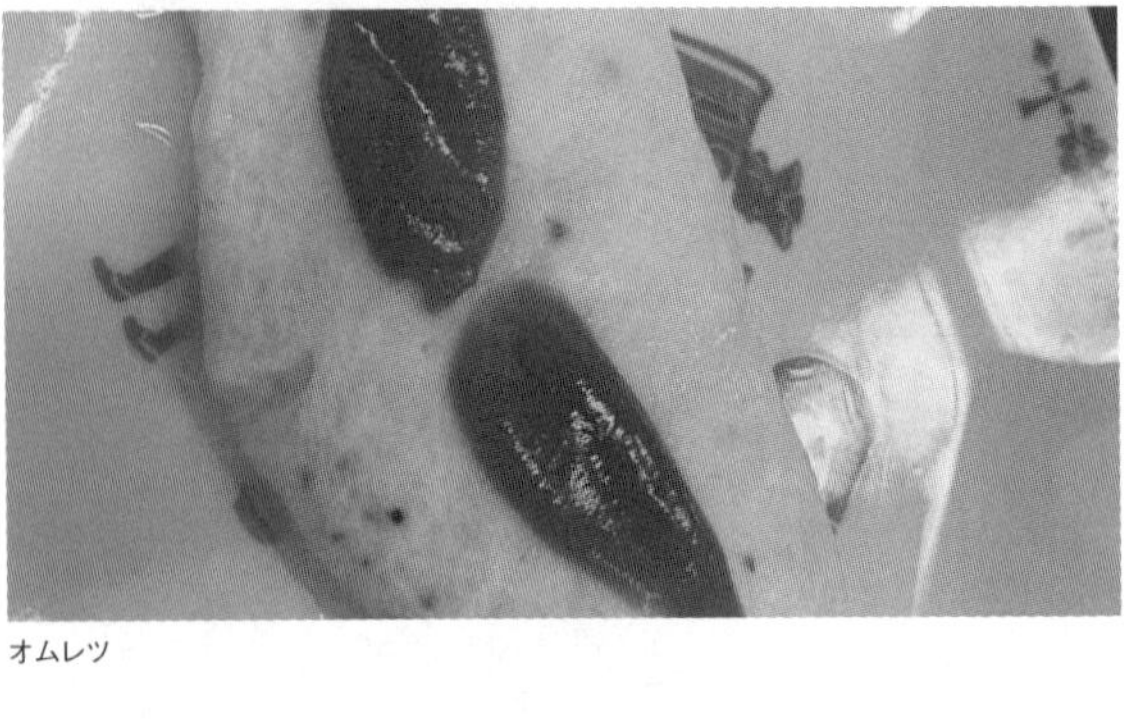

オムレツ

最初のうちは本にする可能性さえ考えていなかったので、まとめ読みすると自分の熱意がうるさいったら！

そして最初のほうの写真がへただったら！

そしてちょっとずつましになっているのにもびっくり。

写真はいつも撮っていたので、まさかちょっとずつでもうまくなるなんて思ってもみませんでした。もちろんうまいと言っても決して実力を勘違いしていなくて（まわりに写真がうまい人やプロの人が多すぎるから）、自分レベルの中の向上ですけれどね。

週に1回だらだらっと読む用に書いている今の方法。

しかし、まとまる可能性をこうしてしっかりと見てしまったら話は別。

この際、どちらにも適している文体と長さを考えなくちゃと頭は次なる可能性と勉強に向かってピカピカに輝いています。

こうやって学びながら生きていくんだなあとしみじみ思いました。

パンダ

◎どくだみちゃん
ママ

自分の人生の望みってなんだっただろう？

と思ったら、
そうだ、小説家になるっていうのは、私にとってあたりまえのことだった、
と思い出した。

なるとかではなくて、生まれつきだったのだ。

おごっているわけでもない、努力してないわけでもない。

あたりまえのことなのだ。

そういうことってたまにある。

放っておいても書くし、書いたら人に見せるし、それで人が少しでも癒されたらもういいし、それだけ。儲けたり人前に立ったり税務をしたりはオプションにすぎない。

手伝ってくれるスタッフや編集さんや会計士さんがいるのは偶然の、そして最上の幸せ。神の計らい。

それは私の人生の嬉しい誤算だし、大きな責任でもある。一生抱えていくはずだ。

小さい頃から大人になるまでずっと、淋しくて淋しくて、いつも夜ベッドの中で、あるいは街を歩きながら泣いていた。

いつか家族ができますように、優しい言葉をかけあえる、くつろげる家に住みたい。

どれだけ願ったか。胸がつぶれるほど泣いた。

ちょっといびつな形ではあるが、それは叶った。

すごい、なんと、もう叶ったのだ。

「クッキングパパ」[*36]の中で、主人公のクッキングパパである荒岩さんの奥さんが、会社でとてもいい仕事をしていて、忘年会で仲間たちとおいしいものを食べてお酒を飲んで、踊って、笑って、それでもいちばん会いたいのはすでに家を出た長男だと空に面影を探すエピソードを読んで、そのあまりのさりげない表現力に、人類の営みのすごさを感じた。みんな同じだったんだ。私がいつも目にしているおじさまたちのお母さんも、私と同じ、ひとりのママだったんだ。おじさまたちのことをまだ想っているんだ。

　私はその歴史の中にしっかり参加しているのだ。小説家だからではなく。夢を叶えたから。

　もうあとはおまけの人生だから、のんびり歩こうと思う。

　のんびり歩いている中にいいものを見つけたら、書けるといいと思う。

椿

◎ふしばな
文芸学科

私はその頃すでに小説をばりばり書いていて、もちろんそれは人生経験もなく未熟なものだったけれど、書くのはあたりまえの人生だった。

すべりどめどころか、浪人が決定してから友だちに願書の余ったのをもらって受験した日芸の文芸学科になぜか受かってしまったので(何回も書いたが、後から安原顯さんが私の受験時の作文の内容を知っていてすごくイヤだった、だれかがもらしたってことだから)、大学は出ておこうと思って行った。今思うと親は学費を捻出するのがたいへんだっただろう。申し訳ない、やはり働けばよかった。

そう言ったら父が「すごく勉強するでもなく、ただ生きているだけでいい、そういう4年間は人生にないから行きなさい」と言ったので、がんばって卒業した。

ほぼ行かずに……! 居酒屋大学だけに通って!

でもかけがえのない人生の師や友人を得たので、全く後悔はしていない。

ただ、ものすごく不思議だったのは、だれもがほとんど小説を書いていないことだった。小説サークルの人たちさえも、週に1本とか書いてない。週に1本くらい短編か詩かエッセイを書かなくて小説家になるなんてどう考えてもありえないと思う。

バカにしているのでもなんでもない、書いてないのに小説家になる、それはもう「この

すきまからたくましく生えてきた

屏風の中の虎を捕まえなさい」「じゃあ虎を外に出してください」くらいの問題だと思うのだ。

私は素朴にただ書いた。それだけのことだった。才能がどうとか、努力がどうとか、そういう問題ではない。私は5歳くらいからずっとただただアホのように書いていた。それだけだ。食べなければ痩せると同じくらい、飲まなければ二日酔いにならないというくらい、あたりまえのなにか。熱意なんていらない、夢もいらない、努力でさえない。

◎よしばな某月某日

西荻窪に降り立つと記憶はただふたつ、やきとり戎で許されてる本数（ビール2本日本酒1合くらいだったかな）ぎりぎりまで飲んでぐだぐだになったことと、さくらももこちゃんと遊んだ日々だけだ。

　商店街の象さんは変わらないのに、もう彼女には会えない。切ないなあ。


[*37]MARUUちゃんの個展に行く。才能豊かという言葉がこれだけ似合う人がいるだろうか？　あれだけセンスがあって手も常に動かしていれば、確実に世界が勝手に見つけてくれる。心さえ開いていれば。そして開いている。見に来た人たちに誠実に対応する彼女の姿に胸がいっぱいになる。少し憂鬱でセクシーでちょっぴり笑える彼女の世界。そして彼女はあまりにも写真がうまい。そこも注目されてほしい。彼女から湧きでてくる「創る喜び」はいつだって泉のようで心底感動する。

[*38]「ウレシカ」の人たちのちょっと内向きながら最高に優しい感じもいつもすてき。

心から作家を守ってくれている感じがする。

MARUUちゃんのすてきなサイン!

あまりにも腹が減っていたのでハンバーガーを食べる。お父さんとお母さんと多分息子さんのお店。お父さんとお母さんがひとりで来た私にとってもとても優しくて、泣きそうになってしまった。こういうお店が少なすぎる。すごく話しかけてほしいわけじゃない。ただ、普通に親切にしてほしいだけなのだ。

「今片づけますね〜」「そうなんですよね！」「お口に合いましたか？」そんな感じだけで、全然いいのに。

帰りにタクシーをびっくりするほど長い時間待っていたら、なんだか古めかしいタクシーが来た。乗り込んだら後ろから松葉杖の人が来た。「乗りますか？」と順番を変わろうとするも、大丈夫です、と言う。確かに私の乗っていた古いタイプのタクシーよりも、オリンピック用の背が高いタクシーのほうが乗りやすいかもと納得する。その人の連れの人が「ばななさん！」と言う。だれだろうと凝視したら知り合いではなく、ファンの方だそう。なんだか嬉しかった。無事に乗れているといいけれど。冬の骨折はつらいよね、と快癒を願う。

コロナウイルスだの、新幹線でコーヒーを売るのが廃止になっただの、行きつけの宿のおにぎりが手で握るタイプから型にはめるタイプに変わった（押し寿司のようになってしまった）だの、がっくりすることが多い。なので、今の楽しみは「クッキングパパ」を毎日1巻ずつ電子書籍で読むことだ。あんなに癒されるまんがはこの世にないと思う。うえやまとち先生のインタビューを読んで、150巻以上あるコミックスを読むことを決心した。そうしたら癒されるのなんの。たまに泣きそうになる。若いときは「このごはんパンチがありすぎる！」と思っていたのに、今は読むだけで幸せ。

すごくきれいな雲

言い聞かせる

◎今日のひとこと

なんと子どもより歳上のカメが18歳になり、ただでさえ冬はあまり食べないのに、いっそう食が細くなってきました。

飼い主に似て丸々太っていて、頭が甲羅に入らないくらいなので、しばらくは保つだろうとは思いました。

でも、食べなければそのうちすっと死んでしまうだろうと。

病院に連れていくと強制給餌をすることになります。以前それを経験していて、急病のときはいいけれど、年齢とか季節が原因の問

テーブルクロスの花

題だったらいやだなあと思いました。いやがるカメの叫び声って悲しいんです。

なので、できるだけのことをして、家にいてもらおうと思いました。

冬は少し回数を減らす温浴だけれどとにかく温度に気をつけつつ週1でやって、カメの好きなバナナとかみかんをちょっと増やして。伸びたくちばしをごはんが食べやすいように切って。

前に巨大なカメを飼っていたとき、フードをあまりあげずに（そもそも食べなかった）、余り野菜と果物だけをあげていたら、獣医さんに「このカメは繊細すぎる、もっとフードをあげなさい」と言われて、ちょっと違うよなと思ったんです。案の定そのカメは大きくなりすぎて賃貸で飼えなくなり、実家近くの獣医さんのところにもらわれて行ったけど、今でも元気です。22歳くらいじゃないかなあ。

カメは弱っていたのか食欲がないからなのか、私の手で口元のちょうどいい場所に持っていったバナナと葉っぱをちょっとだけ食べました。

おお、食べやすければいいのかと思い、毎日目の前にバナナを差し出すと、だんだんともりもり食べるようになってきました。ちょうど春になってきたのもよかったのかもしれません。

これが愛でなければなんと呼ぶのか私は知りません（笑）。

確かに冬はカメの動きが少ないから、なんとなく気持ちが離れるのです。やることはやってるんだけれど、義務的というか。

でも、毎日「よしよし、よく食べた」とか

言いながらその口元に食べものを持っていっていたら、だんだんなにかが伝わっているような感じがしてきました。

そうか、私を信頼して懐いているのか。カメなのに。

そう思ったらなんだか奇跡を見ているような気がして、カメの命に感謝を感じました。ずっといてくれたんだよな、18年も。

その前にカメのピンチが訪れたのは、前に住んでいた家に引っ越してすぐ、環境の変化と陽当たりが変わって、あまりごはんを食べなくなったちょうどそのときに、私の2週間の取材旅行が重なったときです。

帰宅して同じようにいろいろ手をつくしたら、復活したのでした。

このカメが死んだら、もう私はリクガメを飼わないかもなあ、そう思うと今の時間がいっそう貴重に思えて、人生ってほんとうに、ちゃんと感じればいろいろあって豊かなものなんだな、麻痺するのは簡単なんだなとしみじみ思いました。

しぶい横丁（@横須賀）

◎どくだみちゃん

モルジブ

耳は中耳炎で聴こえないし、熱もまだ38度くらいあるし、これはもうあきらめようかなと思っていたモルジブへの旅。

立っているのがやっとなのに飛行機の乗り継ぎをしたり、冷房で冷え冷えのマレーシアの空港で待ったり、どこに着くのかあまりよくわからないまま真っ暗な中を船に乗って移動したり。

私はタミフルですっかり落ち着いていて(なぜかタミフルは私に『恐怖や不安と自分を切り離す』作用をもたらす。だれか理由を教えてほしい。リレンザでは全然そうならない)、いつもだったら絶対思う「ここにいったら、次はここで、こんなことをして、ああ疲れるな」とか「これ以上熱が上がって、明日の朝はもっと不快だろうな」とか「家じゃないから寝心地が悪そうだな、ああ、よく寝たい」だとかを一切思わなかった。

まるで「ワンス・アポン・ア・タイム・イン・ハリウッド」のブラッド・ピットのように、ただご機嫌だったのである。体はむちゃくちゃ不快なのだ。なにせ熱が高く、節々が痛く、だるいのだから。でも体の不快と心が切り離されていた。

心と体の不思議をしみじみ思った。わけがわからぬ。

なんで不安と恐怖がデジタルにそこにないというだけで、身体の症状はよくなっていないのに、大丈夫になるのか。病気の辛さが半減するのか。

人間の病っていったいなんなのだろう？

そのとき、父は病院でほんとうに死にかけていた。

前々からの予定だったので、これからの看取りのためにも、とがんばって決行した旅だった。寒い日本を離れて自然をチャージして、父にも届けようという。

青い海を見ても、色とりどりの魚を見ても（つい楽しくて潜ってしまって、中耳炎が悪化。今は亡きジュディス・カーペンター[*39]さんにそのあと会ったら『潜った？　無茶すると聴こえなくなるわよ』と言われたのも懐かしく愛おしい）、心の中は父との思い出と、父がいなくなるこれからの人生への悲しみでいっぱいだった。

でも神様はちゃんと半分だけいつも取っておいてくれる。

その時に私はまだ亡き猫たちも犬たちも、この手で触れる場所に持っていたのだ。

そして小さい男の子を。ママといつも手をつないでいる私だけの男の子を。

コテージに至る長いウッドデッキを手をつないで歩くと、木が鳴って大きな音がした。ふたりのたてる音が、広い海と空に気持ちよく響いていた。

いつだって、後から思えば、そこには幸せな半分がある。

そのときは見えないだけなのだ。どんなひどいときでも、持っている幸せがあると。

モルジブにて

◎ふしばな

ルーチンからの脱却

しかし、ここで探求したいのは不安の仕組みではない。

現代の人はみなある程度そうだと思うのだが、私も立派な不安神経症である。パニック発作の一歩手前といってもおかしくはない。ひどいときは病院に行ったらしっかり薬を出されるレベルだと自覚している。でもそれが私に小説を書かせてくれるので、別にいいのだ。鋼の意志で生き延びている。生きにくいったらありゃしない。だからホラーが好きなのだ。私にとっては毎日がホラーなんだから。でもそもそもこの作風でメンタルが普通だったらそのほうが怖い。

　どうして人生に絶望している人ほど死への不安を持つのか、そのへんのことをよく考えるとなにか見えてくるような気がするけど、今回の考察はそこではない。

　とにかくもし死にそうならば、カメをなるべく好きに運動させてあげようと思った。ケージからなるべく長く出して、好きな温度の場所にいてもらう。だいたい午前中にしか動かないので、少なくとも午前中はそうあってもらうようにしよう、と思った。

しかし、18年も続いたルーチンの恐ろしさと言ったら！

体がいつのまにか勝手にカメをケージに入れてしまうのである。そして床掃除のロボット、ブラーバをいつのまにか動かしている。

午前中にそうじをすませてしまう気分がけっこう大切なのは、自分でもわかっていた。

しかし、それを数時間遅らせたってどうせ床掃除ロボとはたきくらいしかかけないんだから、別にいいではないか。

そう頭ではわかっているのに、落ち着かない。早くカメをしまって、そうじをしてしまいたい。それしか考えられなくなる。これはもう麻薬みたいな感じで、頭が勝手にそう働いてしまう。

少しずつ、理性で言い聞かせる。

「別にそうじが数時間遅れたっていいではないか、それが人生にとってなんのマイナスになるんだ」

しかし、頭は抵抗するのだ。午前中に済ませないと気持ちが悪い、この気持ちの悪さが仕事にちょっとでも影響するのはよくない、カメは早くしまったって大丈夫だ、そんなありとあらゆる理屈が頭の中で渦巻く。

これが思考のクセのしくみなんだなあと客観的にしみじみ思う。

そうじごときでそうなんだから、ダイエットとか酒や麻薬をやめるとか、姑とうまくやるとか、満員電車に乗らざるをえないとか、そんなたいへんなことが変えられなくて当然だと思う。こんなに強烈に、頭は「いつものこと」を要求してくるのだから。

なので、最終的には「しみついた習慣を変える」しかない。新しい習慣を身につけるまで時間はかかるが、絶対できる。かつてしみつくほどくりかえしてきていたことなんだから、多少ベクトルを変えてまたしみこませればいい。

カメの幸せな寝姿、のびのびと部屋を歩いているようす、そういうものをじっと見つめて、「融通を利かせたことで目に見える幸せな光景」「なにかを幸せにしたという充実感」を強化し、だんだんとなじんでいく。

これはもはや、よくダイエットや禁酒で言われるのと全く同じことだ。

「今までポテトチップスを1袋食べていた至福の時間の代わりに、最高においしいチョコレートをひとつぶ食べて、ドライフルーツを食べて、炭酸飲料とアルコール以外の好きな飲みものを飲む」「酒を飲むかわりに、ノンアルコールの飲みものを飲んで、仲間と居酒屋にいる楽しさだけは残す」などなど、置き換えと成功体験に結びつけるわけだ。時間はかかるが不可能ではない。しかしここで不可欠なのが「もともとの自分の価値観とのすりあわせ」で、そもそもカメが好きでなければ、カメの幸せと寿命のためにカメのストレスを減らそうなんて思わないので、価値観に抵触しないものとすりあわせても無意味である。

人によっては「ポテチじゃない、芋全般が好きなんだ」と気づいて少量のポテトサラダや茹で芋に変えるかもしれないし、「酒じゃない、仲間でもない、居酒屋メニューが好き

不思議な枝

なんだ」となったら、また対処が違うだろう。そこを自分で見極めるのが人生の実験。ほんとうに、人の心の仕組みって面白いと思う。

◎よしばな某月某日

90過ぎた人の健康状態って、きっかけがあるとがくんと落ちる。

夫のお父さんが車で電柱にぶつかって、ついに免許を返納した。まだ運転していることがこわくもあったが、昼間に近所のスーパーに行くだけだから大丈夫ではと思うところもあり、難しい問題だった。だれも轢かず、なにも壊さず、車だけは廃車になり、お父さんが入院もせず生きているというのは不幸中の幸いだった。

シートベルトでしまった胸が痛くて起きら

れないくらいだったのに、今日はかなり復活して歩いたり、よく動いたり、話したりしていた。

もちろんこれまで見たことがないくらいに弱っていたし、しょんぼりしていた（車の運転が何よりも好きな人だから）けれど、その段階から少しずつ元気になってくるなんてほんとうにすごい。

がくんと落ちたままになってしまう人だってたくさんいるのだから。

そこからの粘り、落ち込んでも決して体から離れていかない感覚。

そして決して恨みごと（いっしょに暮らしてくれないからだとか、息子が私といっしょにならなければもっと近くに暮らせたかもとか）を言わない。きっと思ってもいない。お父さんにとって伴侶を亡くしてからの人生は、伴侶と暮らした家でひとりで生きていくものとかたく決まっているのだ。ブレない。なんて偉大なんだろう。

お父さんの家に行くと、生活の全部のことがとても大変そうに見えたり、滞っていたりして絶望的な気持ちになる。

でも、なんとなく掃除したり、支払いの書類や壊れた家電などをひとつひとつ見ていったり、ゴミを捨てたりしているうちに、お父さんは無力な存在ではなく、ここで暮らしてきたし、まだ暮らせるんだという気持ちが立ち上がってくる。

ここから先の道はみんな悲しいはず、そう思い込んでいたけれど、そうじゃないような気がする。まだ会えるんだから、そう思う。

月に1回は必ずいっしょに過ごしたし、温泉に泊まりに行ったり、子どもが小さい頃はフリスビーや卓球をしたり、いっしょに歌を歌ったり、広いりんどう湖を歩いて回ったり。なによりも駅まで車で送ってもらったり。

もうあんなアクティブなことはできないんだと思うと悲しいけれど、お父さんがしょげて謝っているのを初めて見るともう切なくてなんとかしたくなったり、でもまだいっしょにごはんを食べたりできることが嬉しくて、こんなことってあるんだと新しい気持ちになる。

あの有名な、山田詠美先生のエッセイにも登場する「フライングガーデン」の爆弾ハンバーグ。

生まれて初めて食べることができた。

ほんとうに自分で紙を折って、油ハネからガードするんだ！　などなど。

赤身の肉がしっかりしていて、ふわふわのタイプのハンバーグより私は好きだった。

小さく切ったらお父さんもしっかり食べていた。よかった。

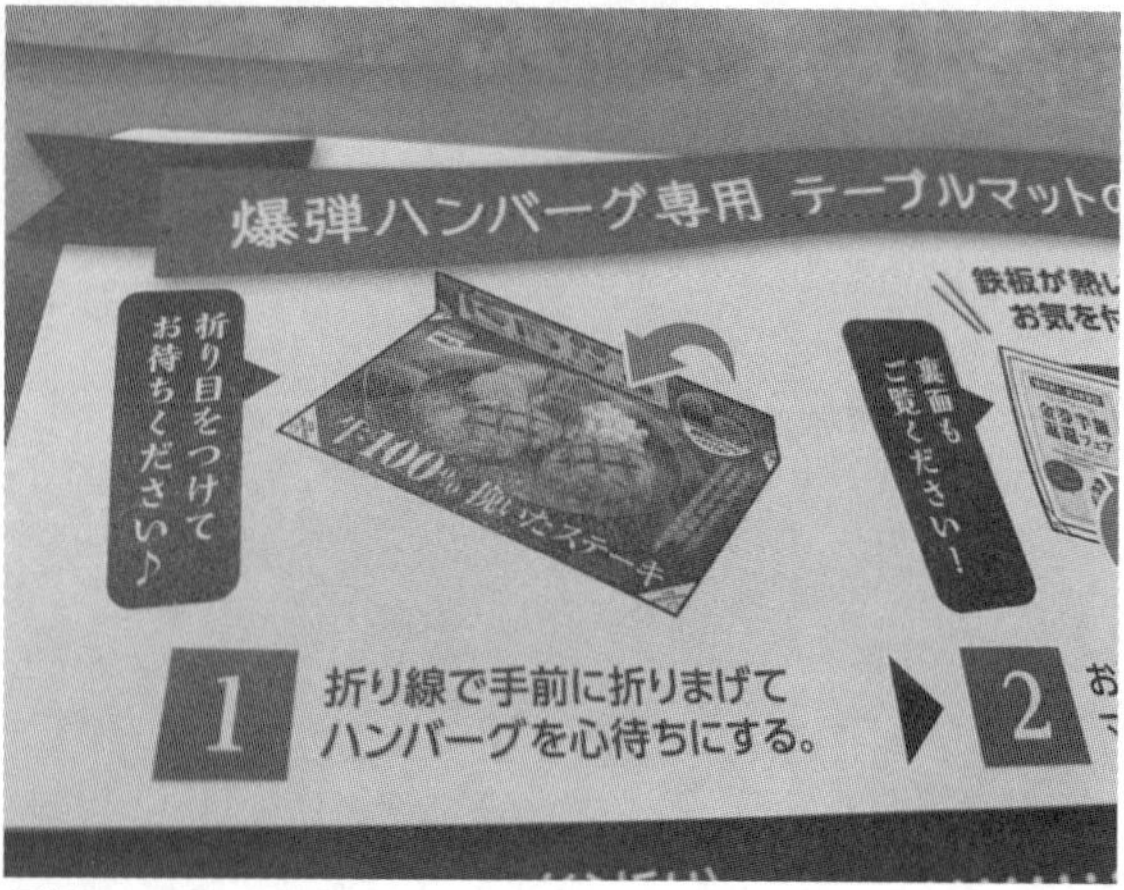
爆弾ハンバーグ専用 テーブルマット
折り目をつけてお待ちください♪
裏面もご覧ください！
1
折り線で手前に折りまげて
ハンバーグを心待ちにする。
2

心待ちって……！

異能ただおる

◎今日のひとこと

小林よしのり先生のいちばん好きなまんがだった「異能戦士」[*40]。今は絶版みたいでKindle化が待たれるのですが、いろいろな戦士がそれぞれの異能を持っていて、それを発揮して戦うみたいな内容だった気がするんだけれど、その中に「異能ただおる」という、ただいるだけの能力の人がいたんですよね。

気づくとそこにいるっていう、ただそれだけ。

でも最近、ただいるだけっていうのが最強だなと思うようになりました。

濡れた水仙

がんばりもしない、なぐさめもしない、ただいつものようにそこにいる人って最強だなって。

それがもし少しでも「いつも通りにいよう」と意識していたら違ってしまうんです。その人がその人らしくいると、なぜか周りの人も落ち着いてその人らしい状態に戻ってしまうような感じ。

そういう人がいるとうろ覚えの記憶で「ううむ『異能ただだおる』だな」と思う、ただそれだけのことなのですが。

マイペースとも少し違うし、やっぱり「異能」だなと思うのです。

自分も人としてだんだんそうなっていけるといいなと思います。

そしてこのメルマガも、とんでもなくだいじなことを書いているのと、そこにただだおるのが両立しているといいなと心から思います。

道ばたの切りかぶ

◎どくだみちゃん

ただおる

すばらしいものって、とてもひっそりとしている。

野の花のように。

大きな音が鳴る前にそっと空を貫く稲光のように。

だからいつのまにか人の目にとまる。それは必然であって、自然なことでもある。

見たときに、ああ、小さな奇跡がここに輝いていたんだ、と思う。


いつもそこにいる。

確実に。

思い出したように見ると、待っていたふうでもなく、ずっといたんだよと言う。

そして会えたことでなにかを充電したらまた去っていいよという。

また来てね、1年後でも、10年後でも、続きはどこからでもいいよ。

もう来なくたって別にいいよ。でも、ここで一瞬だけ出会ったこと、心のどこかには残しておいてね、と。

そんな小説を書きたい。


そうでないものは、看板を立てたり、大声で宣言したり、とりあえず人を集めたりする。

さあ、こっちを見てください、こんな出しものがありますよと誘う。

それを一瞬見るだけでも、すごく時間を奪われている気がする。

そんなに嫌いなジャンルでなくても、見せられているような気がしてくる。

かといって、ゆっくりと時間をかけて見せてくださいと言えば、必ず順番があると言われる。

そろそろ時間がないのでまた今度、と帰ろうとすると、今帰ったら損をすると言われる。そういうものに取られた時間って、脳に変なふうに刻まれる気がする。

面白くなかった授業みたいに。むりやり買わされた化粧品みたいに。

美しく優れたものがただいる、ひっそりとした自信の対極にそれはあるような気がする。

ほんとうの孤独ではなく、わがままな淋しさをばらまいているだけのような気がする。

ミモザ

◎ふしばな
さらに「クッキングパパ」

というわけで、あまりにも世の中が暗すぎるから、「クッキングパパ」を1冊ずつ、地道に読んでいる。152巻からスタートして、じわじわとさかのぼっている。変な読み方だが、1巻から読むと時代が変わっていてかなりしんどいので、懐かしみながら戻るのがちょうどいい気がする。

博多の居酒屋にいるときにわいてくる、独特の幸せな感じがよくわかる。

助け合うけど深入りはしない、怒ったり悩むけど根に持たない。同じものをみんなで食べて笑顔になれば、たいていのことは吹き飛んでしまう。

それでもどうにもならないことは、どうにもならない人生の重みだから、せめてなるべく強く優しくいよう。

そんなようなことが、じわじわ、と伝わってくるのである。

うえやま先生だって、これはもうこの世になかなかない世界であることはわかっているのだろうと思う。インタビューでそうおっしゃっていた。でもだからこそ、あと少し、このホッとする世界を描いていきたいんだと。

自分の経験上、うえやま先生にもきつい時期はあったと思われる。アニメ化のあとの何年かとか、出版不況の電子前夜とか、きっと売り上げが落ちたり、続けて買っていた人がちょうど挫折する時期と重なったり、いろいろなことがあっただろう。でもクオリティを落とさないで熱心な読者のために描き続けてくださったのだろう。

地方に住んでいる友人の家を訪ねると、遠方から来た珍しい人である私たち家族が来たのだから、他の人も呼んで集まろうという感じになるのが常だった。

　その友人の仕事の後輩でその夜空いている人はみんな来るみたいな感じになり、たくさんの代のたくさんの人たちと宴の席を囲んだ。みなでその家の奥様の心づくしのお料理をいただいて、わいわい騒ぐ。恋愛模様があったり、結婚が決まったり、破談になったり、お子さんが生まれたり、いろいろなことがあった。

　でも、あるときから、なんとなく様子が変わってきたのである。

　人の心が薄いというか、ロボットのような、無機質の反応が多くなってきた。

　ちびっ子がTVの液晶をなにかでギギギと傷つけて、親は気づかないしあやまりもしない、そんなことも増えてきた。送ろうか？とか、この間はたいへんだったね、みたいな人間味のある会話も減ってきた。ぼんやりとごはんを食べて、表面的な会話をしているだけ。なるべく感情を動かさないようにしているような。私の仕事に対する質問もない。夫や子どもの名前を聞くこともない。すごく不思議だった。急に人間というもの自体が変わってしまったような。

　今でもたまにそのおうちに遊びに行く。友人も歳を取り宴席が小規模になったからか、友人が退職して職場の全員を呼ばなくなったからか、また人間味が戻ってきた。

　それでもあのときの変な感じを、私はいやな感じと共に忘れられないのである。

　もしかしたら、この世はこれから、人間味のある世界と、ロボットでもないのにロボットみたいな人間味の全くない世界と、ふたつに分かれていくのではないだろうか。

そうしたら、かつてみたいに「とにかく差別なく職場の全員を家に呼んでごはんを食べよう」みたいな世界は不可能になっていくのではないか。

そんなことにぞっとしていた私の心に、「クッキングパパ」の世界はただただホッとする気持ちをくれたのである。

そして日常に潜む奇跡的なスピリチュアルについても（死んだお父さんと一瞬だけ会えたり、地球の奇跡を考えたり、作者が出てきて荒岩さんといっしょに料理を作ったり）、他の追随を許さないすばらしさ。

このまんがに出てくる人たちみたいな笑顔ができる人生でいたい。

もはやそれだけが望みと言ってもいいくら

MARUUちゃんの小さな絵

い、世知辛い時代だ。

◎よしばな某月某日

某ゾンの某ドルは、ものすごい勢いですぐ壊れる。

買ったばかりなのに、一切ダウンロードできなくなった。もはや当たればラッキーくらいの確率だ。

保証期間なので、しぶしぶカスタマーサービスに連絡した。

私のようにたくさんの本を読む人だと、あの機械はすぐに満杯になってダウンロードした本をちびちび消したりして、ものすごい制限感を感じる。場所の制限はなくなったが、機械の容量の制限が出てきた。なので本体を買い足すわけだが、カスタマーセンターの人に「前の某ドルを登録したままで次々新機を買っていますね」と悪いことのように言われてびっくりした。いっぱいになって継ぎ足しているので、もしもまた戻ってその機器で関連作を買うなら、登録してないと面倒臭いではないか。そういう仕事の人がいる可能性は考慮してほしい。

まあ毎月100冊とかものすごい勢いで買っているこちらがイレギュラーな操作をいろいろしている可能性はゼロとは言えないのだが、いつも買って1年以内に必ず不具合が出るのはどうかと思う。

ちなみにいちばん高い機種では出ないので、安物をばらまくことに問題があるように思う。あのパコパコのプラスチックの。

しかし私は前にも書いたが、ど〜〜〜う

しても表紙はカラーでないといやだ。なので某ドルファイアー！　の高いほうを買うわけだけれど、とにかくすぐ壊れる。同じ悩みを持つ人は多いらしく、怒りに満ちたコメントの数々にむしろ癒される。みんなこういう気持ちになったんだね、って。

それは「吉本ばななの本はいつもワンパターンで、どれを買ってもいっしょ。また騙された」などという、単に足を引っ張るだけのコメントとは対極の、市民の真実の叫びのシエアであろう。

しかたなくカスタマーサービスに電話をすると、たいていの場合、いろいろいちおう試して、出荷時にリセットすることを指示される。

それなら最初から自分でできる。それがしたくないから電話しとるんじゃい。

まあ、こちらは従うしかない弱い立場、しかたがない。

ちょうど壊れたとき「クッキングパパ」をちびちび購入していたところだったが、その行動が先方にはもちろんすぐバレる。だからエロい本ばかり買っている人は恥ずかしくて電話さえできないと思う。

私でさえも「129巻は今ダウンロードできていますか？」「次に購入された128巻は？」「では127巻はいかがでしょう？」ともはやタイトルさえ言ってもらえず、超恥ずかしかった。

いつか夢のような読書端末が出るのを心待ちにしながら、毎晩、英語の1テキスト、イタリア語1単語をがんばって、最後に「クッキングパパ」を読む。この幸せはもう、言葉

にできない。どんなにいやなことがあっても、
それを思うと笑顔になる。

あたしを見て!

叶えてあげる

◎今日のひとこと

なんでもいいのです。とっても小さなことで。

「自分にごほうび」だとちょっと遅い感じです。時間がかかると、体には自分のなにに対してもらったごほうびだかわかりません。体にはちょっと失礼だけど、時間という点においては体って犬くらいの記憶力だと思うとわかりやすいです。さっきしたそそうを、今怒ってももう遅い的な。

しかし、それと相反するかのように、全部ためこんで記憶してしまう。

だからもっと早く、もっと小さく、ひんぱ

沈丁花

んに。

たとえば、「これからお風呂に入って、お風呂の中でゆっくり『カウントダウンTV』でも観よう。明日は休日だし。汗かくまで湯船につかって、トリートメントもしよう」だとか、「チーズかまぼこ、あと1個だけあったな。夕方5時になったら食べよう」だとか。その程度でいいのです。

思ったことを、小さなことだなと思わずにちゃんとやるのです。

そうすると、体や脳が、「あ、ちゃんと叶えてくれた」と思って、だんだんこの世に安心するようになってくるのです。

そして力が抜けたら、いろいろなことがスムーズになりやすいのです。

周りの人をよく見てください、小さな望みを叶えてあげている人ほど、上機嫌だし人生もスムーズです。

そしてその上機嫌が呼んでくる良い連鎖が、ますますその人を大丈夫にしていくのです。人生はいろいろあって当然です。いつも誰かと別れたり、誰かが死んだり、事故や病気、お釈迦様のおっしゃる通り（笑）、生きるって苦しいことです。だからこそ力を抜くのが大事なのです。

「お昼休みには白いスイカバーを食べよう」

このくらいでいいんです。その積み重ねこそが自己実現なのです。だって実現してるから。

いきなり大金持ちとか玉の輿とか事業で成功とか思うから、たいへんなのです。

最初の1歩は、いつもそこなんです。

たくましいサフラン

◎どくだみちゃん

叶いにくい

　私もお金がないとしょげてしまうので、すごく理解できる。

　人の心ってこんなにも経済の状況で変わるんだ、とびっくりする。

　小さなことを叶えてあげよう、私の体のために、と思う。

「なんてきれいな空き瓶。マリーゴールドを部屋に飾ろう、1輪だけ」

　そう思って花屋に行くと、1輪だけ買う人なんて店に入っちゃいけないみたいな扱いを受けたり。

「え〜、マリーゴールドの販売のほうは〜、3本からになっております〜」

　なんて言われると興ざめして小さな夢もしぼんでしまう。


　あの頃、歌うように踊るように生きていた、お金のあるところになんとなくくっついている、とっても奇抜できれいな人たちが歳をとってから一堂にかいするところを見た。

今も歌うように踊るように生きようとしているけれど、なんだか枯れ果てて見えた。むりがあるし、息苦しかった。必死という言葉が浮かんでは消える。おかしいな、ロック界ではどちらかというと涙涙の光景なはずなのに。

お金がからんでいたからなのかな。

それでもたまに、別にお金がなくてもちゃんとスタイルを自分の哲学で維持して、ふわふわ浮いて生きている歳上の人を見るとほっとする。

だれだって飲んで食べて出して汚して生きている。
それはどんな人だって。
きれいではいられないし妖精でもいられな

今はもうない、大平家のすてきな扉

い。

歳をとればおっくうになりいつも身ぎれいにもしていられないだろう。

それでも精神の芯はそこにまだあるかもしれないので。

命と引き換えにしても飲みたい1杯の水があるかもしれないので。

そこに勝手にとろみはつけないでほしいと切に願う。

◎ふしばな　他人にはどうにもできない

とにかく力んでいる人をたまに見かける。

力んでいるとどういうことになるかというと、まず全てが重くなる。そして心身の不調が普段の生活のベースになる。頭が痛くなったり、だるくなったり。

その状態だと自分により良きこと、遊び心に類することが一切考えられなくなる。

そしていろんなことにわずかなタイミングで遅れるようになる。力んでいると全身の筋肉の初動が遅れるからだ。体側はいつも「もう少しだけ力を抜いて休ませてくれたら、早く動けたのに」「そうしたらこれとこれにちょうどよく間に合ったのになあ」と思うようになる。要するに、「今日のひとこと」で書いた逆、小さな失敗体験の積み重ねだ。

そうすると体が心をだんだん信じなくなる。

ごはんをあげるよ！　と言って犬を呼んでおいて、やっぱりあげないというのを繰り返したら犬はどうなるかというと、決して騒いだり吠えたり媚びたりはしない。ただただ無表情になっていく。それと同じだ。

例えば身近な力んでいる人に、言葉で何回力を抜いたら？　と言っても全く通じないだろう。そりゃそうだ、聞いてしまったら心と体のずれを自覚してしまう。今の状態でなんとかギリギリ回ってるんだから、そっとしておいてくれということだ。そしてそれを言ってくる人への反発、仕返しもハンパなくなる。それは、言われているのが図星のことだからだ。

なので、深く考えず、楽しそうなものとかうまくいっているものを見せて、丸ごとわかってもらうしかできない。適度な距離感でつとめて明るく振るまい、秒のタイミングでなにかがうまくいってしまう瞬間を何度も見せる。

すると何が起きるかというと、案の定、

「楽しそうな人といると疲れる」「いつもごきげんでいいですね」ってことになる。

ここより先は私の「下町ルール」でもどうにもならない。というか、個人対個人ではいじっちゃいけないところである。複数の人がいないと溶けていかない、どうにもならないことだ。兄貴は偉大だなあと思う。自分の家のリビングに下町を作り出したのだから。大勢でいるとなんとかなってしまうのも、人間のすてきなところだ。

たとえば私がいつもいっしょに海に行くおじさまが、とってもいい人だけれど感覚的にはちょっとずれていて、サシではなかなか会いづらいんだけれど、大勢でいるといいふうに薄まる、それと同じだ。

その人も初めは自分だけずれていてうまくいかないなと思っても、なんとなく大勢といるうちに大丈夫になっていく。その小さな成功体験が、その人の持っている重さを軽くしてくれるということだ。ただし、その大勢の人たちはそれぞれでみんなその人の重さを300グラムくらい分け持つので、「めんどくせ」「重！」くらいは思っている。みんなプライベートでサシでは会わないだろう。

個人での対応だと限界がある。その人の重みがものすごいレベルだった場合ダメージを食らうし、そもそも先方は内心の深いところで反発しているので（あなたみたいに調子よくやっててうまく行くなんて軽すぎる、自分はまじめに生きてるんだから正しいに決まってる）、こちらまでだんだんタイミングがずれるようになる。ちょっとしたずれだから小石につまずくとかドアのきしみとか、そういうレベルなんだけれど、積み重なると命にかかわるとんでもないことになると体は知っている。だから、そこは決して救ってあげようとしてむりをしてはいけないところだ。

たったひとつの命を持って、ただでさえ大変な人生という荒波を、なるべく楽しんで成長してから天に帰るようにできているのが人間というものなのに、ほんとうにもったいないと思う。

人としていつも重いととにかく「そっちにいってもどうせ間に合わないでしょ」とどんどんその人の体が抵抗するようになる。

中で起こっていることと全く同じことが外部に反映されるのである。

なにか楽しいこと、面白いことが起きそうになると、その状況全体に反発するようになる。つまり、「あなたには楽しいかもしれないが、自分はそうではないんだ」というのを全身で表すようになる。甘えというか、自分だけがたいへんだと思っている人特有の反発、あるいはこんなにすばらしい自分になんで注目してくれないの？　というとんちんかんな自己表現になる。

ほんとうに自分の楽しみを持っている人や自己表現がスムーズな人は、まず合わない場所には来ない。流れで来てしまって場違いでも、後からちゃんと自分の楽しみの中に帰っていくから別に平気、ということになるはずなので、決して反発したりしない。むしろ目立たない状態になる。そして合わないなりに楽しみを見つけてご機嫌なままでいる。

重い人には、反発を表現せずにはいられない意地があるわけである。外部の評価に自分をゆだねているので、調子が良さそうな、上機嫌の人がスイスイ歩いていくのが許せないのである。外部の評価はそれが人間や社会であれば常に揺れているものだし、まして神ではない。神は基本裁かないしごほうびもくれない。因果応報の法則があるだけなのがこの世だ。だが、そういう人はまるで学校の先生や社長や警察のような、正しい評価を下してくれる外部の大きな組織によって、自分の正しさはいつか評してもらえるという気持ちを常に持っている。

そういう人は「人生は全員がたいへんなものなんだ」とは思っていない。常に「自分だけががんばっている」と思っている。それではうまくいくはずがない。人生がたいへんなのを大前提にしてなるべく濃くなりすぎないようにすることが、幸せに通じる最短ルートである。

できればだれもが自分と調和して楽しく暮らせるといいね、と思っているし、そのために小説を書いているのだが、結局は本人の幸せを叶えられるのは本人だけなのだというあたりまえのことを思う。小説はなんの役にも立たない。それでも書き続ける。いつかどこかで、どこかのだれかにたった1ミリのきっかけをあげられるかもしれない、そう思う。

さりげないドラえもんみ

◎よしばな某月某日

トイレのおしりを洗うノズルが、あるときから急にただ出てきてブシャーと水を出すようになった。ものすごく困る。

だれもいないトイレで見えない人のおしりを洗うもんだから、トイレに入るといきなり床がびしょぬれている。

しかたないので蓋をいつも閉めておくようにしたら解決したけれど、そのうちノズルが出ても水は出ない状態になった。

そこで修理の人を呼んだ。

そもそもその人が朝から何回も電話してき

て、予約時間の幅は2時間もある。午後がまるつぶれ。でも大切なことだし、しかたがないとのんびり待っていた。

やってきた修理の人は本体を分解して調べていた。ありがたやと思う。

説明があるというからトイレに行く。

「ノズル自体の、いろいろな機能を分けて行う部分が壊れているので、ノズルを交換する。1万5千円かかる。この機械はもう5年も使われている。そろそろいろいろな不具合が出てもおかしくはない。今せっかくここを開けたのだから、基盤も交換するとよい、すると3万5千円になる」

私は言った。

「ちょっと待ってくださいよ、もしノズルを交換して、全ての不具合がノズル本体にあり、基盤から来たものではないとわかってから考えるべきことでは？」

彼は明らかにチッという顔をした。

これはもはや詐欺の考え方なのでは。

ああそうですか、と言って、家計の中からいきなり3万5千円を出せる家はめずらしいのではないだろうか。少なくともうちは違う。もしそれだけ出さなくてはいけないなら、がんばってお金を足して最新機器を買うだろう。

工事が終わってチェックしたら、ノズル交換だけで不具合は治った。

「基盤を交換しないと、また不具合が出たときに、こうして私たちを呼ばなくてはいけなくなるんですよ？　いいんですか？　出張修理費がまたかかるんですよ？」

何度も念を押された。これはもう、昭和であればゴム紐を売りにくる押し売りと同じなのでは？

「今月お金がないんで……」で押し通したら、工事で出た汚水をそのままにして帰っていった。前に来たおじいさんは、床や便座をさっと拭いて帰ったよ。もちろんうちのトイレの汚れなのでいいですけど。

　ただ、もしも自分の現場を愛していたら、私だったらそこそこちゃんときれいにして帰るけどな。

　社会が悪いという一面ももちろん大きい。ああいう人が「壊れてると困りますよね、すぐ修理します！」という気持ちになるような、景気がいいとまでは言わないけど、地味に満たされている社会になってほしいなと思う。こうしてしわ寄せは必ずくるのだから。

　だって「あの人が毎回来てなにかを押し売られる交渉めんどうくさいな、次買うときは別のメーカーのにしよう」と心から思ってしまったもの。

　他人の家のトイレの中で長く過ごさなくちゃいけない大変なお仕事なのに、全く気の毒なことである。

オレ様

天国と地獄の場所

これを書いているのは、ちょうどコロナ真っ盛りの時期。

アップされる頃に私はどうなっているでしょう？　そして家族は？　などと思うとドキドキするけれど、まあ、なるようになるのでしょう。

◎今日のひとこと

それよりも私はたまにくるおそうじの人が「ああこわい、どうなるんでしょう。あれもこわい、これもこわい、なんだかお腹が痛い、頭も痛い」とか言って家の中に汚染された暗い空気を撒き散らしてるほうがこわいです。

よく咲いた

そしてうちは動物がたくさんいるから、ふだんも消毒はわりとひんぱんにやっていて、いつものでっかいアルコール液を買おうとしたら全部売り切れで、売り切れていないものはなんといつも3500円が20000円になっています。マスクも同じ現象。

困るな〜、こっちはいつも買ってんだよと思うと同時に、「人が困ったときに、自分は役立つものを売っているという場合に、『困ってる人には悪いけれど、たくさん売れてありがたい』じゃないんだ！　今は高くしても売れるからどんどん売っちゃおう」なんだ！

そういう人たちに限って「火垂るの墓」とか観て、なんでこんなかわいそうな子どもたちにごはんを食べさせてあげないの？　とか言うんでしょうね〜。

目に見えない世界って怖いですよ。大金を払って受け取った人たちはきっと「くそ、このアコギな店め。状況が戻ったら二度と買わねえ」って呪いの光線を店に飛ばしてくるんですよ？　それのほうが高くつきますよ。また、今定価で売ると「ありがたいなあ」ってひいきにしてもらえるのに、そんなこともわからず目先の利益を求めるなんて、昔話ちゃんと読んだのかよ！　と思います。

この時期、自分や家族を守る行動をするのは正しいけれど、人としておかしなことをしちゃった人は後でたいへんなことになるんじゃないかな？　と思う今日この頃です。因果応報ですし。

真っ当、もうそれだけでいいです。

「クッキングパパ」（まだはまっている）の

ご家族が初詣でご家族の平和以外に「日本が元気になりますように、平和でありますように」って全員でそれぞれ声に出さずに祈っている姿を思うと、真っ当がいいなと思うのです。

梅と椿

◎どくだみちゃん

悔い

私の父は、直接的には院内感染で死んだ。

病院にいなかったら、もう少し生きていたかもしれない。

その悔いは一生消えない。

でも、父は生前、私が入院していた築地のきれいな病院にやってきて、

「きれいでいい病院だけれど、生きるか死ぬかとなったら、いつもの古い病院のほうがいいかもなあ」と言った。

そして父が死んだのはそのいつもの古い病院だったので、そこがゆいいつの救い。

かけがえのない1週間か1ヶ月かを失ったのかもしれないけれど、

それが父に対する気持ちを少しでも減らしたかというと、全くそれはない。

だいじなことは、死んだ時期ではないし、悔いることでもない。それも救い。


ただ、残念なのは、いつもの古い病院の雰囲気が昔とはすでに全然違っていたことだ。

下町、気さく、明るい。そういう要素はすでにほとんどなかった。

ひとり名医がいて、ずっと父を担当してくださっていたが先に亡くなった。名婦長さんがいたが、引退してしまった。その頃から少しずつ変わっていった。

時代の流れなので、しかたがないのだろう。

今はホスピスとか個人経営の中くらいの大きさの病院がそれをになっている。


生きている時間をどれだけ引き延ばせるか？　はどう生きているかより重要なのだろうか？　そんなことはやっぱりないだろう。

父はどこで死にたかっただろう？　それを聞けなかったことが、今も悲しい。


最後にいっしょにお見舞いに行ったサイキックのなつみさんが、

「まだ大丈夫ではないかと思います。もうじき亡くなる人ってもっと透明感があってきれいっていうか。お父さんはまだ生々しく戦ってますからね〜、この状態だと保証はできませんが」

って言った。

最後まできれいではなかった私の父よ。なんだか、そこが誇らしい。

夕やけ

◎ふしばな

下町

私や姉やいとこにとってあたりまえのことが、どうも東京全体ではあたりまえではないということを知ったのは、わりと近年だった。どれだけ狭い世界にいたのか、すごくよく理解した。……かといってもう戻る下町はどこにもないのだが。

幼稚園くらいのとき、となりの家のきみちゃんのお母さんが、夜中の2時にやってきて、きみちゃんの鼻血が止まらないんですと言いにきた。

うちは別に民生委員でもお金持ちでも権力者でもないから、単に心細くて隣の家の、判断に長けた歳上の夫婦のところに意見を聞きに来たのだろう。

寝てなさいと私は部屋に押し込められたが、ベランダから見たら鼻を押さえて泣いているきみちゃんがいた。

うちの親がタクシーを呼んで、父が病院までついていったという記憶がある。

それはごくふつうのことだった。しかし今の時代にはなかなかありえないだろうと思う。


もちろん下町にもいやな人はいた。お金にがつがつしている人、人の悪口ばかり言うぐちっぽい人。そういう人のことは「みっともない人」としてふつうにみなが嫌っていた。

特に親分を決めていないのに、なんとなく「そういうことはやめておこう」みたいな雰囲気があった。今のいやらしい見張りあいとは違って、よい方向に機能する社会モデルというのが確かにあったように思う。

単なるお人好しではなく、絶妙に勘を使いながら助け合う互助会というか。

あのさじ加減を、いかなる言葉でも表現できない。

田舎のほうでたまたまうまく行っている集落などを見ると、全く同じ法則が存在している。そこには確実に「この人の意見を尊重しよう」と思えるような静かだが偉大な人物とその家族がいることが多い（「クッキングパパ」の荒岩さんちみたいな）。偉大な人物が自然な気持ちで「あの人は自分とは違うけど存在はいいな」と思うような仲間、同志というのは、少しだけ離れた場所や地位や職種にいる。だからこそ、その偉大な人を中心にできた輪がそれぞれゆるやかにつながって、結局大勢の人がうっすらとその安全なコミュニ

ヒヤシンス

ティの中で生きやすくなる、というのが私が下町で学んだその構造なのだろう。

◎よしばな某月某日

タクシーに乗ったら、別に近道でもないのにいきなりUターンしたのと、よく見たら運転手さんがかなりのおじいちゃんだったので、「もしかしたらハズレだったかな」と思いながら、行き先など知らせていた。

するとおじいちゃんが「私はこれまでいろいろな話を聞いてきたから、なんでも聞いてください。伝えたいことを言います」と言う。

運「どんなジャンルのことが聞きたいですか？」

私「因果応報の仕組みですかね……」

運「ちょっと待ってくださいね、因果応報

かー。あのね、私の知り合いが死にかけたんですよ。軽い交通事故にあって、病院に行ったけど意識もはっきりしてるし、痛いところもなくって、なんともなかったの。で、検査結果もまだ出ないし、休暇がてら今日は入院しましょうってことになって、奥さんが来てたから奥さんも病室に留まって椅子に座って話してたら、その事故にあったご主人が急に黙ったんだって。それでね、奥さんが見たら息してないんですって。奥さんが慌てて医者を呼んで、そうしたら『理由はまだわかりませんが、御臨終です』って言われて、奥さんは『電気ショックみたいなのあるでしょう、主人にあれやってください！』って言って、医者がやったんだけど、生き返らなくて、奥さんが『まだ目盛りが最大じゃないじゃないですか！　最大でやってください』と言って、医者が『最大でショックを与えてこの段階から復活したら、最悪一生垂れ流しになりますけど、いいんですね？』って言って、奥さんが『そうしたら私が一生面倒見ますから、なんでもいいから早くやってください！』って言ってやってもらって、そしたら生き返ったんですって。それで、彼はその様子をずっと、体を離れて天井から見ていて、奥さんには一生頭が上がらない、って思ったんですって」

私「運転手さん、因果応報のテーマにすげー話ぶちこんでくれましたね！」

運「いや、これからが因果応報なんですよ。でね、そのときに彼はお花畑のあるところに行って、そうしたら『おまえはまだ来なくていい』って声がしたんですって」

私「おお、噂には聞きますけど、ほんとうにそうなんですね」

運「それよりすごいのは、なんとそのときにわかったことは、天国は明らかに地球ではない、他の星にあるんだってことだったんですって。じゃあ地獄はどこにあると思います？」

私「人の心の中？」

運「いや、違うんです。地獄はね、地球にあるんですって。灼熱地獄はマグマのあるところにあって、そこにはマグマの中にしか住めない微生物がいると。極寒地獄は北極の氷の中にしか生きられない微生物が。無間地獄は、体がいちいちバラバラになるまで棍棒や斧で殴られて、バラバラになっても死ねないというものだけれど、それはね、石油ができるところなんですよ。そこにいる微生物は、青酸カリが養分なんですって。でも青酸カリって永遠に慣れることがない毒物で、普通は繰り返し摂るとだんだん効かなくなるんですが、それがなくて、人間が摂ったら身体中が痛くてバラバラになるかと思うんですって。だからそこが無間地獄。つまり、地獄に行くってことはその3箇所にいる微生物になっちゃうってことなんですよ」

私「こわ〜」（妙に説得力がある話だな〜！）

運「それでね、死ぬときって時空がごちゃごちゃになるから、死ぬときに苦しみの表情を浮かべている人は、もうその地獄に行ってるんですって。だからね、お客さん、死ぬときに苦しい顔をしている身内がいない人とだけ、つきあうといいよ」

私「はい」

運「私もね、その話を聞いてから、人を押しのけて得をしようって思わなくなりましたよ」

私「運転手さんはそもそも大丈夫そうじゃないですか」

運「いや、男はやはり金がもっと欲しい、力がほしいと思ってしまうので、人を蹴落としたりするんですよ。もうそういうことはやめました。お客さんもね、この話をなるべくたくさんの人にしてあげてくださいね」

私「はい」

というわけで、こうして書いているのだが、そもそもなんでこんなすごい運転手さんに当たるのか。おいしすぎる。

小さく咲いてた

2020年7月〜8月

本文中にもある写真だが、
色を見てほしくて扉にも使います。
これでもかというくらい咲きほこる
竹富島のブーゲンビリア。

好きの秘密

◎今日のひとこと

よく受ける「自分がなにになりたいかわからない」という相談は、結局は「自分の好きなことがわからない」ということとイコールなのだと思うのですが、それは生命体として致命的なことだなと思います。

たとえば目の前に毒々しい色の、実際に少しだけ毒がある花がいちりん。

「毒のようだから近づかないようにしよう」
「この激しい色に惹かれて家に飾りたい」
「よく見たら、そんなにいやに思えないなあ、とにかく写真に撮ろう」
「ネットで毒の度合いを調べて種を買って後

モンキーバナナ

日栽培してみよう」

「毒だって知ってるけれど甘い蜜があるから採ろう」

「ただ興味のままに触っちゃって、かぶれた」

ありとあらゆる反応がありうるし、その判断が生命に直結しているというのが地球ルールです。


先日、お仕事の依頼があり、最初に打ち合わせをしたのです。

私はいくつか条件を出して、「これとこれとこれは経験上よく起こりうることだが、困ってしまうことが多いので、それらがないという条件だったらやります」と言いました。

具体的に言うと、「できればライターさんは入れないで、プロの編集の方がまとめてほしい。そうしたら自分でかなり手を入れることができる。ライターさんのまとめをあまり直すと失礼にあたる気がして思い切り直せないので」とか、もしライターさんを入れるなら、ライターさんのまとめは印税制ではなく、高めの買い切りでお願いしたいとか（印税制にして長い年月が過ぎたあとに、様々なトラブルがあったことがある）とか、タイトルを「〜が輝く〜のなんとか」みたいなものに決してしないとか、装丁やイラストの打ち合わせに権限を持ちたいとか、もしもどうしてもライターさんが入るならある程度まとまってから直しを入れさせてほしいとか、かなり細かい条件です。時間をかけて、誠実に、理由も述べて、しっかり伝えました。

全部オッケーです、わかりました、と先方はメモまで取っていたのに、なぜか現実には前記のほぼ全部が実行されたんです。タイトルは私の意向だけでは決められない気配があったり、やはりライターさんが入ったり、その人がかなりてきとうに、内容がほとんどわからないままにまとめたものすごいてきとうな、ヒラ起こし以下のものが送られてきたり。

最初に条件をお伝えしたのですが、守られていないのでもうこのお仕事は続けられません、と1回目のロングインタビューが終わった後にもかかわらず、私は言いました。

インタビューが終わってからそんなことになるなんて先方は思っていなかったのだと思うのですが、私にとっては「最初にいろいろ条件みたいなのを聞いたけど、とりえず自分の方法で進めていこう、インタビューを1回でもしたら本が出なくなることはあるまい」というその考えはもはや詐欺的なものです。

関わった方たちはみなさん良い人でしたが、それとは関係ありません。

インタビューのときには話の内容を事前にちゃんと考えて、ベストをつくして2時間も話をしたのに惜しいなあ、と思わなくはないのですが、なぜ、最初に条件をつめておいて、全くそれを取り入れていないということが起こるのか、私には理解できませんでした。

「これからつめていくところなんです、続けましょう」と先方はおっしゃってくださったのですが、私と秘書は全く同じ感想を持ちました。

「いいことが起きる予感はしませんね」

その感覚が全てなのです。

義理も人情もいい人だからも関係ないのです。

そして仕事においてその「聞いてない」がどんなにまずいことか本能的にわからないと、なかなかいっしょに働くのはむつかしい、そう思いました。

なんでそれがわかるのか？　予想できるのか？　もしかしたら逆転してすばらしい本を作ることができるかもしれないじゃないか？

そう思われる方が多いのはよくわかります。その方もすてきな方だったので、意気込みはその感覚そのものなのでしょう。

しかしそれには「こちらがびっくりするくらい時間も労力も割いて、手取り足取り作れば」という条件がついてしまいます。

私の側は人生の残り時間が少ないので、そんな時間はないのです。

ではなぜ予想ができるか？　それは、私が長い間をかけて、すばらしい編集の人たちと出会い、仕事をしてきたからです。比べれば、わかってしまいます。私はそのすばらしい担当さんたちといっぱい喧嘩もしますし、ひどいことも言ったりしますが、大好きだし、信頼しています。

だから今回の方たちは、これから同じ経験値レベルの、年齢が近い方たちといっぱい仕事をして、たくさん失敗して、いつか今の私のようになった同じ年齢ゾーンの人たちといっそうのいいお仕事をしてほしいなと心から思うのです。

逆に言うと、心から、一生に1回でもいいからこんな本をこの人と作りたい！　と思っていたなら、あるいは「胸を借りる、歳上から、経験値から学びたい」という気持ちでい

空港

たなら、最初に説明した条件をはずすことは決してないと思うのです。

好きがわかるっていうことは、犯しそうな危険がわかるのと同じなのです。

だから、自分の好きがほんとうに好きなのか、興奮しているだけなのか、みんながいいというから好きなところを探そうとしているのか、それだけは常に把握していないといけないんだなと思います。

◎どくだみちゃん

サーダカ

沖縄にいくと、一般から神人《かみんちゅ》からノロから唄者まで、ありとあらゆるおじぃやおばぁに言われる。

あんた、サーダカだね。

　勘がいいとか、霊力があるとかそういう意味なのだが、自分の本質をそんなふうにちゃんとポジショニングしてもらえていることが、すごく楽だった。内地にいるときには決してない安堵感があった。わかる人には目と目が合っただけで、わかってもらえるのである。

　わからない人はもちろんいるけれど、わかる人は一瞬でサーダカの人に対する構えをとる。それが楽だった。

　サーダカ生まれは苦労が多いけど人の役に立つということから、ある意味尊重してもらえるのだ。

「作家先生ですね」ではない。

　私を見て思うことが肩書き関係なく「サーダカ生まれのおばさん」だけなんて、真の意味でなんて知的な人たちなのだろうと思う。


　沖縄にいるときだけの自分というのが確かにある。

　それはふだんの生活ではほとんど眠っている。

　沖縄についたからはしゃいでいるのかな？　と自分でも思うのだが、
　そうではない。

　もうひとりの自分が、沖縄本島の、あるいは離島の空港から離れて中に入っていくにしたがってどんどん強くなり、ふだんの自分はしゃべれなくなる。

　抑えこまれる感じだ。

　多分まわりから見たら、子どものように落ち着きなくはしゃいでいるだけに見えるのだろうと思う。

でも違う。なにかが私の中で高速で回転しているのだ。

生きることが全然追いつかないくらいに。


ものすごい観察眼と決断力が出てきて、はっきりものを言うようになる。いろんなものが見える。人の真実、目に見えないもの、神や魔の気配。

そして子どもみたいに全身全霊で遊びだす。動きも猿のように乱暴になり、気をつけないと無謀なことをしそうになる。

かろうじてそれを体が止めてくれるのだが、沖縄にいるといつもその力はぐるぐる回転して行き場を探している。

たくさん食べられるし、たくさん飲める。

その沖縄人格の自分はふだん、どういうポジションにいて、どう抑えこまれているのだろう。そう思うと少しかわいそうになる。

ほんとうの自分、というようなものではない。


もし私が沖縄に生まれていたら、あの自分が優勢だったのだ。そう思うと自分というのはいったいなんだろうと思う。


でも、ちょっと思う。

きっと沖縄に生まれていたら、書かなかっただろう。

そしてあんなに高速に回転していたら、早く命がつきただろう。

それはそれは幸せな生き方だっただろう。

でも、私はそれでも書きたかったから、神様は私を東京に置いた。

「島にいたら書かんもんね〜。ちょっとかわいそうだから、せめて考えが沖縄に近い下町にしてあげるさ〜」

と神様は言った、そんな感じだろうか。

アセロラかも？　という実がそのへんにふつうになってる

◎ふしばな
長くても好きにならない

私の夫は、世間で思われているほど人当たりのいい人でもないし、人の好き嫌いもわりと激しく、いやとなったらもう誰がなんと言っても絶対ダメ、みたいなものすごくむつかしい面がある。

研究者（実際そうだったから）ってみんなそういうものだと思う。

彼の最初の不幸は、家族の愛情には恵まれていたが、育った環境が全く彼に合っていなかったことであろう。つまり北関東のゴリゴリの一般の人というか、カミナリとかU字工事の演じる世界観というか。男子校でそれにもまれるというのは、医者、研究者一族に囲まれて育った彼にはあまりにもきつすぎたみたいだ。それを言ったら私だって、わりと繊細なのでなにもかもさらけ出して裸で助け合う下町の世界にはちょっと合わないところがあった。でも私と下町の間には一点だけだけれどベストフィットなところがあり、そこがこうして一生役立っているのだからよかったのだ。

夫の場合は違った。そのぶん水が合う島根での大学生活は天国だったみたいなのだが、ご両親が研究所の敷地から出て引っ越した栃木のある地域には全くなじめなかったようで、高校のときの思い出を語るといつも暗くなる。いじめられていたわけではなく、とにかく一から十まで合わなかったみたい。

おじいちゃんがいよいよ自活できなくなり、そこを離れるという方向性になったとき、私と息子は「おじいちゃんと、17年間もずっといっしょに温泉に行ったり、散歩したり、いろいろなところで食事したり、思い出が多いから、もうあんまり行かなくなると思うと淋しいなあ」と話していたら、彼は「ひとつも淋しくないいし、もう二度と行かなくてもいいくらいだ、全然行きたくない、あの地域をやっと離れられて嬉しい」と言った。まあ、これは本音よりは少し極端な言い方なんだと思うが、ああ、彼はほんとうにあの場所をあの家を、好きになれなかったんだなあ、そしてお父さんをあそこから脱出させるということは、お父さんにとってはしかたがないし淋しいことなのかもしれないが、彼にとってはある意味ほんとうの自立、長男としての勝利なのかもしれないな、そう思った。

彼が愛しているのは、研究所の敷地の中の楽しかったし守られていた地元であり、今の実家ではない。

同じくお父さんの愛していた場所はほんとうには今の家ではなく、会津の豊かな自然なのだなあ。

そんなことを思った。

私は歳を取ったら下町に戻りたくなるだろうか（全部が都内で規模が小さいな）？

ありえなくはないな、そう思うのだ。

私の下町とは千駄木1～2丁目と向丘2丁目のみであり、今の実家がある本駒込は全く含まれないというあまりにも狭い範囲なのだが、あのあたりにはやはりちょっとした執着があるし、町を知りつくしている喜びが今もある。

世田谷に越したとき、母はものすごく怒って「あんたにはそういう上昇志向があった、高級なものがお好きなんでしょ」といじわると嫌味を3ヶ月間くらい言い続けたが、ほんとうの上昇志向があったら多分畑がある世田谷ではなく青山あたりに住んでいるだろう。

私はなにを求めたのか、それは大型犬を窮屈にならずに買える環境であった。当時の下町では大型犬を飼える環境がなかったのだ（今は時代が変わってきた）。犬が私を今の場所に導いた。感謝している。

そしてなんと言っても、私は自分だけの人間関係を作りたかった。親の人間関係から派生して受け継いだ人間関係ではなく、自分の未知の縁に出会いたかった。

当時の親友は世田谷にいたし、好きなお店もいくつかあった。

それでも私はそのとき住んでいた「上馬」という場所になんの執着もない。今も全く戻りたくない。大型犬ＯＫの大家さんがいて、仲良くなった焼肉屋さんがある、それだけだったのだ。

また、高校大学とずっとお世話になって遊びまわった池袋界隈もどうしても愛せなかった。

好きになれない、好きになろうとしてもなれない。そういうものはもうDNAレベルの問題で、理屈ではないんだなと思う。

では今住んでいる下北沢には愛を持っているのか？　というと、今の下北沢にはもう愛がないなとしみじみ思う。18年前の下北沢にはうんと強い思いがあるのだが、悪い方に変わってしまったから。「つゆ艸」と「つきまさ」と「アンジャリ」と「第三新生丸」と「マジックスパイス」がなくなって、子どもが家を出て、大好きな向かいのご夫婦が引っ越しちゃったら、出ちゃうんじゃないかなと。

ただ、子どもが小さかったときの思い出ってかけがえがないものなので、それがしみこんでいるこの街にはまだしばらくいることができるといいんだけどな、とは思っている。

船の上から

◎よしばな某月某日

コロナウィルスのおかげで、堂々と引きこもれる……などと言ったらすごい顰蹙を買いそうだけれど、いろいろなことが断りやすくて最高である。

もはや「なぜ誘う？」レベルになっている私の非社交性だ。

ユザーンのランチライブにおじいちゃんの介護手伝いが重なってなかなかいけないのが唯一の問題というくらいだ。

しかしあまり出かけられないので、しみじみとネットで買いものをしたり、まとめてドラマを観たりしている。

蜷川実花さんは境遇もちょっと近いし、よく見かけるし、ほんとうはわ〜いと近づいていきたくなる気持ちだし、一時期下北にいたし、共通の知人も多く、心の中でとても近しい存在である。

なので、ちっとも悪く思ってない。むしろ好き。

なので一気に「FOLLOWERS」[*41]を観たが、出てくる人たちが楽しいと感じることが1個も楽しく思えない。どうしようかと思うくらいに。だからずっと業界に染まりきれなかったのか！　としみじみ思った。椅子の高い麻布のバーや超おしゃれな家のホームパーティや、クラブのVIP席的なところに行くことになると、いつだって一刻も早く帰りたかった自分を思い出す。

そして思った。自分ももちろん男性にはなりきれないので、いつも「吉本さんの小説に出てくる男性が好きだけど、あんな人いません」と言われるのですっごくよくわかるんだけれど、ドラマに出てくる男性が全て「こんな奴いるわけないだろう」という、すてきな上に都合のよい男性で、ああ、男と女の間には深くて暗い川があるよね〜と思った。

というのも、男性監督が描く女性がとにかく受け身でなんでも許容してくれたり、すっごい山の上でひらひらのワンピースを着てたり、悪女がわかりやすく肌を露出しているけどほんとうは淋しがり屋だったりするのと、同じことだと思うのだ。異性への幻想、それはとっても大切だけれど、幻想。

蜷川さんのこのドラマは、それの女の考えた版というか、男性の描く女の真逆のつごうのいい男そのものの男性ばかりだった。

蜷川さんのいいところは嫉妬心がないところで、人にいいことがあれば素直に嬉しく思うような人だと思う。育ちが良いのだ。

そこはとてもよく出ていたと思い、ますますの好感を持った。しかし作品としては、せっかく女性が創ったのに、単に男女が真逆になっただけというのが惜しい。

つまりあれほどの人でも、男がみんなで集って女の噂話をしながら、山に登ったり仕事をしたりして、女性が人ではなく女性としてしか基本的にドラマの中にいないような、それぞれの理想化されたパートナーを見つけていくよくあるドラマの女性版を作ってしまうのだなあ……。そう、単に男女が逆転しているだけでとても古典的な。

新しいものって、もっと違う形で存在するんじゃないか。そんな可能性についてしみじみと思った。

しみじみ思いながら、なぜかパンがいっぱ

い家にあったので、昼はカツサンド、夜はピザトーストという引きこもりにありがちなひどいメニュー。

　しかもカツサンドのおかずがメンチカツという最悪の食生活を送ってしまった1日だった。

　さらにはずっと極彩色の蜷川界にいたので、寝る前に服をかけようと自分のクローゼットを開けたら、茶色い弁当くらいに地味に見えた。

「星のや竹富島」の庭

想像する力（人類最強の力）

◎今日のひとこと

人はそれぞれ考え方もライフスタイルも違うし、いろいろなバリエーションがあることが人類という種を生き延びさせていると思うので、法律に抵触する場合や迷惑を感じる場合は別として、違う人のことはただ「違うな」と放っておけばいいんだと思います。あの人くらい違う存在がいるから、自分も生きてられるんだな、くらいに。

そうしたら妬みもないし足の引っぱりあいもないし、男と女のもめごとも少しは減る。

これからの時代はそんなふうになっていくのではないでしょうか。

部屋もすてき

このメルマガだって「私が正しい」ということを伝えたいのでは決してなく、ブレながらも調整していくかなりはっきりした生き方を打ち出せば、違うなと思う人もそうだなと思う人も、自分の軸がしっかりするような考え方を見つけるかもしれない、その可能性を手伝いたい、そんな感じです。

人類は、全員である意味ひとつの生きもの。どくだみやアリんこと全く同じ。全体でバランスを取っている。

そして多様性があるほど、生き残れる可能性が高まる。

だから、違えば違うほどいいんです。

そしてその中でもしも同じような考えの人を見つけたら、それは、人生の中にきらきら

プールも良い

輝く星です。大切にしましょう。
強く摑んで壊さないように。

◎どくだみちゃん

コロナ

買い占めも転売も並ぶのも（並んでないけど）なにもかもが気に入らないけど、家にいる時間が多いから、家族いっしょの生活のラストスパートが、平凡に過ぎていくのがせめてもの救い。

そういえばこういう家族の退屈をよく味わったな、と懐かしく思う。

子どもが幼稚園に入る前は、子どもがまだあちらの世界にいたときのエネルギーが残っているかのように、時間が不思議に伸び縮みした。

キラキラと、むくむくと子どもの大きなエネルギーが動くたびに、時間が無限になるのだ。

それにもう参加はできない大人の自分（洗いものしなくちゃ、仕事しなくちゃ、明日は何時起きだっけ）と、

子どもの心のままの自分がわくわくしてついていっちゃって、まるで宇宙空間にいるくらいの広々した気持ちで過ごす自分が、毎日入れ子になって、ミラーボールのようにキラキラしていたっけ。

夜明けまで大人の頭で数えたら4時間。でも、そんなことはなかった。そこには永遠があった。

みんながしかたなく家にいるようになって、

ちょっとだけ外に出るとき、世界の美しさを実感したり、しなかっただろうか？

私はいつもサバイバルモードで生きているし、起きたら世界中ゾンビだらけになっているのでは？　くらいの気持ちで生きているので（ただし、生き残れないタイプ。ホラー映画でいちばん最初にうっかり死んじゃう系）、

そもそも私の目には世界はいつだってそんなふうに映っているから、あまり変わらない。できることをして、できないことはしなかった。それだけ。

でもあのような時間の伸び縮みを、久しぶりにちょっとだけ感じた。

人の心が、不自由な中に自由を求めて広がっていたからだろう。

久しぶりに人生の本質だけを思っていたからだろう。

でものど元過ぎたらすぐ忘れるだろう。

生きていることのすごさ、歓び。

とりあえずAmazonからコロナビールを取り寄せた。コロナコロナと言われていたら、

ブーゲンビリア

飲みたくなったから。
よく冷やして、ライムがないからゆずを入れて、おいしく飲んだ。
1本でいい。2本目からは味に慣れておいしくなくなってしまう。これはいい発見だね。そんなふうに生きたい。ただそれだけ。

◎ふしばな

あんまりだ

動物のこととなると気持ちが過激になるのでむちゃくちゃ正直に書くけれど、有料メルマガでなかったら確実に炎上しそうなネタである。

近年の銀行が80歳のおばあさんに20年の積み立て定期を作らせるほどに世知辛いというのは知っていた。人の想像力、優しい心というのはいったいどこに行ってしまったんだろう。あと、「自分が人にされていやなことは、人にしない」というあたりまえのことはいったいどこに。

犬や猫のブリーダーの中にはほんものの黒い勢力関係の人がけっこう多く、繁殖犬とか殺して焼いちゃうとかむちゃくちゃなスペースでの多頭飼いとか、地獄に堕ちるぞ、と思うようなことがいっぱいあることも知っている。

でも、特異な地方の気候に合わせて人と協力し合って働けるように生まれた特殊な種類を継続させようと、心からまじめにやっているブリーダーさんもいるし、いちがいに「ペットショップやブリーダーから純血種を買うのは悪」という考えにはいつも首をひねる。

保護犬や保護猫を飼わない人は動物好きにあらず、を押しつけるところまで行くとほぼヤクザといっしょ。どっちもどっちだ。

想像してみてほしい。小さい頃からずっと柴犬と暮らしてきて、何代もの柴犬の思い出がある。飼い方もよく知っている。そんな人に「この悲しい目にあっている目の前のスピッツをなぜ飼えないんですか？　この子は明後日には処分されてしまうんですよ！」と他人が言う権利はない。

殺処分をなくすべきとは心底思うが、その個人から柴犬との生活を奪うことだってある意味殺人的だ。

うちの先代の犬がそこそこ老犬だった頃、出張トリマーさんを頼もうと思ったら、「リスクが高い老犬はお断りしています」と断られたことがある。

気分がよく、楽で、かわいいものしか扱いたくないということだ。

人間に置き換えたら「美人しかカットしません」（いそうでこわい）という美容師さんとか、「障がいや感染症のあるお子さんは責任取れないので軽度でもあずかりません」という保育園みたいなものだが、お前は歳をとらんのか？　事故で片足なくなる可能性はないのか？　と言いたくなる。

もし私がそれを生計を立てるための生業として選んだのなら、老犬であればあるほど、役立ちたい、行ってあげたいと思うと思う。

まあ、ニッチなニーズでやりたいというのはわからなくもないから、勝手にやってくれと思うだけだ。

最近よくネット上で見かけるのが、「年配の方々はもうペットを飼うべきではない」「ペットショップでは年寄りにはペットを売ってはいけない」という論調なのだが、いったい人権というものをなんだと思ってるんだろう？

これを本気で言ってるんだとしたらすげえな、そう思った。

そもそも70～80代が一律みんな同じ体調体力知力ではないし、同居か同居でないか、近所に親族友人はいるかどうかなど、様々なケースがあるに決まってるだろう。

もちろん私は「年寄りもどんどんペットショップに行って、子犬や子猫をどんどん買いなさい、ベンガルキャットとかバーニーズマウンテンドッグなんて最適だよ！」と言っているわけではない。

そして認知症とか寝たきりであれば、もちろん安易に生きものを飼わせてはいけない。それは周囲の人たちとペットショップ双方の冷静な、プロとしての「現場での個々の」判断が必要であろう。

もしもその人にがんとか心臓病とか病気があり、ひとり暮らしだったら、いくら目が合ってひとめぼれをしたと言っても、他のご親族と話し合ってからもういちど来てくださいって店が言うべきだろう。

それは単に「人間味」「常識」の話だ。

70で飼った子猫が90まで寄り添ってくれた、それだって全然ありうるし、頭がしっかりした70歳は、ちゃんと自分が死んだ後の犬や猫の行き先を考えて飼うと思う。友だちにもらってくれとまでは言えなくても、行き先を友だちに探してもらえるよう託したり、保健所に持ち込まないように言い残すことはできるはず。

　また、買いに来た人の年齢を考慮し、配慮して、飼うべき生きものを勧めたり止めたりするのは、ペットショップの人のいちばんしっかりすべき「普通の仕事」ではないのだろうか？

　愛犬や愛猫が69歳最後の夜に死んだ。だから運悪くもう動物とは暮らせない、たとえ同居家族がいても。

　そんな考えって、動物愛護でも人間愛護でもないように思う。

　恐ろしいのは、そんな考えの人が立派な動物愛護の人としてまかり通ってしまうことだ。そして動物たちはそんな人たちのこともわけへだてなく愛するのだから、動物のほうに頭が下がる。

　全く世も末だ。そういう人こそ、「あなたもう年ですから」と愛犬や愛猫を取り上げられてみなさいよと思う。想像力の欠如って、ほんとうにおそろしい。ＡＩに「あなたの寿

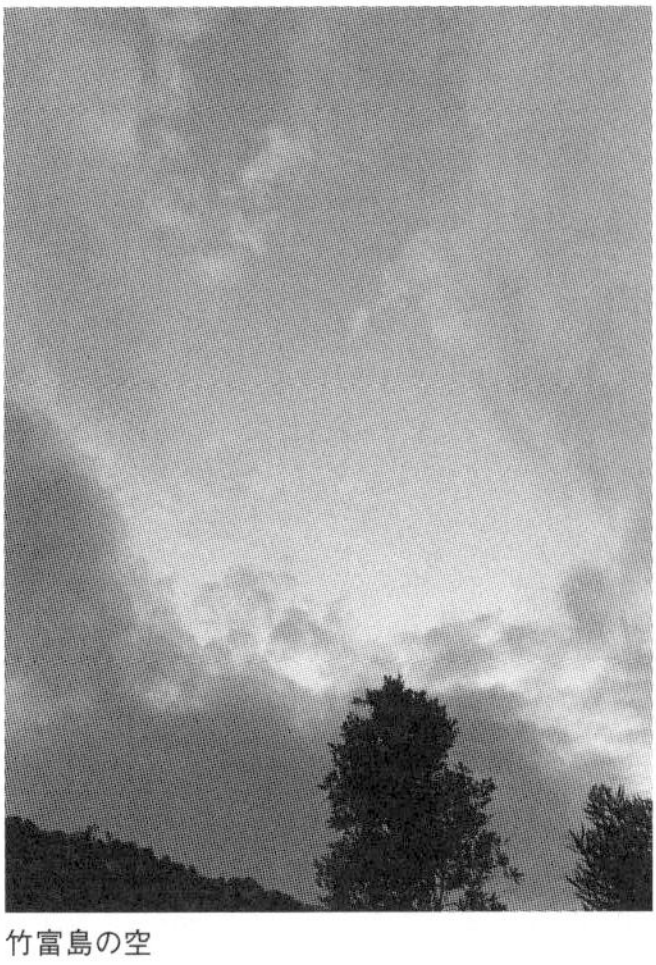

竹富島の空

命はこのままいくと75ですからもう猫は飼わないほうがいいです」と言われるよりも、人間の全部を一律にしてしまう正論のほうがずっと恐ろしい。

◎よしばな某月某日

六本木ヒルズってほんとうに造りがむつかしい。

私は映画館に行きたかったので、けやき坂あたりで降ろしてくれてもよかったんだけれど、タクシーの運転手さんが地下に回ってくれて、それはありがたいことだけれど、映画館の駐車場の下に停めてくれてしまった。

駐車場の中なので車寄せはないし、ひやひやする経路でやっと人が出入りするところまでたどりついた。

映画には間に合ったけれど、待ち合わせには10分遅れた。

相手が後輩だったので「今迷ってる、もうすぐ着く、ポップコーン買っといて〜、甘いのとしょっぱいの半々で」などと注文をつけ、たどりついてすぐ自分が発券番号を持っていたチケットを出して、席に座って猛然とポップコーンを食べだしながら、言った。

「10分も遅れてきといて、ポップコーン買っとけとか言って、さらに自分ばっかり勢いよく食べてて、最低だね、私！　ごめんごめん」

彼も笑っていたが、あまりにもひどいので自分がいちばん笑ってしまった。ジャイアンか！

映画は「ミッドサマー」。ネタバレになららないようにあまり書かないけど、あんな祭りが90年に1回しか行われなくてほんとうによかったなと思う。

　私の小説に「孤独、家族、心と自然の動きの合致、死、超能力、時の流れの切なさ」というオブセッションがあるように、春樹先生に「鼻持ちならない同性の男、井戸、失踪」というそれがあるように、ゼロから作品を創る人にはなにかしらそのような「描かずにいられない」深いところに存在する何かが必ずあるはずだ。ないとほんものとは言えない。そもそもそれを昇華したくて人は創るのだから。

　その点、この監督には確かにそれがありそうだ。「家族、カルト、加工した死体を使っての儀式」。2作しか知らないけど、共通してる。

　しかし、いったいどんな人生を生きてきたら、そんな変わったオブセッションを持つことになるのだろう？　想像するとそれがいちばん怖い。

きれいなデザート

家事と思想

◎今日のひとこと

いろいろなこと（コロナ関係とだけ書いておきます）があって、長年いたお手伝いさんについに辞めてもらい、なんと今15年ぶりにお手伝いさんゼロ生活なのです。

しかも近所にほぼ歩けない92歳のじいちゃんが。すごい時期です！　とっても主婦です！　家事ヤロウです！

うちの男たちは家事をほとんどしない（興味がない）ので、基本家の中のことはストック関係（これはもともと全部担当していましたが）含め全部ひとり担当。

こんなに忙しいのに大丈夫かな〜？　と思

パリパリ

ったのですが、もう子どももあと数年で家を出るという感じだし、物事ってちゃんと見ればほんとうにいつも半分なのです。

　なんといってもお手伝いさんに支払わなくなって浮いた分のお金で、家事が楽になる品々をバンバン買えるのです。

　そして全部自分のやり方、自分のペースでできるのです。

　家の中に、自分の家族以外の人のスリッパとか、そうじ道具とか、気配がないのです。それって、なんていうか、とっても自由。

　あのつらそうなため息、愚痴、苦しみをもう聞かなくていいのです。

　ああ眠い、昨日朝まで仕事したもんなあ、ちょっと昼寝しようかなと思った瞬間のピンポンや、突然の体調悪いから休むドタキャンでいきなりそうじが自分の予定に入ってきちゃうとか、そういうのがもうないのです。

　申し訳ないが、なんて気が楽な！

　忙しい時期を助けていただいたことには感謝しかなく、きちんと退職金も払いましたし、悔いはないのです。

　ただ、いつまでたっても「助けてもらえそうで、そんなには助けてもらえない」、そんなもやもやがあったことも確かなのです。そりゃそうだ、住んでない人なんだもの、ほんとうの困りごとがわかるはずがない。

　わかるような感じの人だったら、多分、人の家のお手伝いさんをしていない、そんな気がします。たまに強者（小池田マヤさんの家政婦さんシリーズ[*42]みたいな……襲われてもいいから里さんに来てほしい！）がいるから世の中面白いんですけれど。

昔、超おぼっちゃまとものすごく仲が良い時期があり、豪邸にしょっちゅう遊びに行っていました。

そこには昼間いつもお手伝いさんがいました。

かわいいお手伝いさんとつきあったことがあるというイカす話を聞いたので、つきあえるというメリット以外に、お手伝いさんっているとやっぱりお母さんはものすごく楽なの？　と聞いたのです。

そうしたら彼は「うちは長年お手伝いさんがいるけど、お手伝いさんができることって結局はそうじだけなんだよな」と言いました。

そのときは「そうじだけって、それ相当すごいことじゃん」と思っていたのですが、今ははっきりとわかります。それがたったひとつの真実であると。

この世には基本、ドラマに出てくるような、命をかけてプロに徹する執事みたいな人は存在しないのです。

彼の家以上に大富豪で、雇用を生みだすのが社会的役割みたいなケースか、ものすごく長年いてもう家族同然みたいなケースだけかな。あとは……[*43]猫村さん！

その人は相当スキルが高い人だったのですが、それでも、私が家事を自分でやるようになって見つけた、この家に越してから5年分のごまかしというかなんというか、彼女の名誉のために書くと他のことをやっていて手がつけられなかった部分というか、一切手をつけていない部分をしみじみと知って、納得しました。

それって、ちょっとでも愛をもって意識し

ないと見えないものなのです。

ルーチンで決まったことを一生懸命（やってくれていました）やって、疲れて帰っていくだけでは決して見えないクリエイティブな部分。

なぜここはいつも汚れるのか？　ここから来てるのか！　とか。今週は雨が多かったから結露がすごかっただろうとか、もしかしてと見つけるとか、洗濯機の裏には靴下が落ちてやしないか？　ハイターでだめでも磨き粉で落ちた！　とか、トイレのタンクの後ろ側の不思議な場所にたまるほこりとか、そういうこと。

その観察眼は「その人の思想」と直結しているのです。

どのように暮らしたいか、なにを見たいか、なにには手を抜いてなにには抜かないか。なにが気になり、なにが気にならないか、なにを見たらいやな気持ちになるか、そうならないためにはなにを最低限やるか。

今日は窓の桟をやったから、明日はやらないでなまけて、はたきだけをやろうっと、みたいなこと。今日はクイックル、明日はぞうきんがけ、じゃあ今日はほうきでいいや、みたいな。

考え方が全てなのです。

私はそれを知らないできた自分にもびっくりしました。

そうじの仕方を知らないのではなく、その中に潜む自由と臨機応変と天気や風の強さとのコラボレーションから生まれるクリエイティビティにです。

「この家、相続税高そうだし、どうせ子どもに残せないんだろうな、だからてきとうに住

小さなシーサー

もう」もしくは「最低限の荷物にして、ホテルで暮らそう。そしたらお金はかかるけど家事は一切しなくていい」だったら、もともとそれはどうでもいいことです。そういう人は他のことで大事にしていることがあるのでしょう。

でも私は動物と暮らしたいし、ホテルでもコップの適当な洗いが気になって必ず洗い直すタイプ！

しばらくはやって、いろいろ実験していこうかなと思いました。

考え方がどこまで家と暮らしと気分に反映されるか、ちょっと楽しみであります。

◎どくだみちゃん

生活の音

母はそうじを憎みながらも、どうしてもせずにはいられないというタイプだったので、母の望みに反してますますそうじが嫌いになった。

あの憎しみのこもったそうじ機の音、忌々しそうな舌打ちと共に部屋に入ってくる鬼のような母のイメージは、一生消えないだろうとは思う。

でもふたりのお手伝いさんたちが、母よりはうんと優しい音でいっしょうけんめいそうじを続けてくれたので、私の中の家事の音は上書きされた。

それと共に、母の嬉しそうな声もよみがえってきた。

「これは世界一の発明だと思うわ！　なんて便利なの！」

とクイックルワイパーを見せてくれたあの日の母のかわいらしさよ。

もともとそうじ以外はみんな自分でやっていたので、家の中のことでいろいろ実験するのは嫌いではない。

でも他の家族メンバーがいるとちょっと苛立つ。

どいてほしいところでゴロゴロしていたり、ほこりがたつので換気している窓を「寒い」と閉められてしまったり。

だれもいないところで一気にやるのがいちばん。

そんなとき、ふと思ってゾッとする。

私が家で映画など観てうたた寝したり、お出かけ前でうきうき着替えて支度で行ったり来たりしていたとき、どれだけ彼女たちは、

「じゃまだな」

と思っていたんだろう？

自分の家の中で、自分以外の人が発するその「ちくっとした棘」がどれくらい心身に影響するかと思うと、

しかもそれが家族なら散らせるけれど、他

人だとけっこうちくちく刺さるんじゃないかと思うと、

やっぱり家族がいないときに一気に、陽気に、手抜きでやるに限るな、そうじって、と思う。

トイレの窓から

◎ふしばな

自然な輪

昔から思っていたのだが、特に小学生くらいのときに深く悟って今でも変わりないことなのだが、ひとりの人を取り巻く物理的な人の輪の距離って宿命的に決して崩せないものなのではないだろうか？　出会ったときの物理的な状況でほぼ決まっているというか。

心の距離はもちろんまた別なのですが。

つまり、出会ったときに相手が結婚していたら、それはもうしかたないこと。放っておけばそのうち離婚するかもしれないけれど、そういうふうには放っておけない人が多いし、離婚したからといって自分と結婚するかどうかなど全くわからない。それが大前提なのである。

出会ったときに住んでいる場所が離れていたら、気軽に調味料をシェアしあう関係にはなれない。あたりまえだ。今ひま？　じゃちょっと寄る、というのはできない。それはもう、運命なのである。そう思えたらどんなにわかりやすいか。

なかなか会えない遠方のいとこは、遠方だからこそ会うと嬉しいのではないか？

たとえを出すときりがないからやめておくけれど、最初にできた自分を中心とした家族、次が近所の友人、毎日顔を合わせる人、実家、仕事仲間、遠い場所の友人、親戚、国外の友人……みたいな感じで存在する、生活の中の人づきあいの輪は、そうそう崩れないし、気持ちや意志では変わらないのではないだろうか。

出会ったときのポジションが、その後、時間をかけて調整していく関係性のスタートなのはあらかじめ運命的に決まっているというか。もちろん変化はあるかもしれない（お手伝いさんと結婚とか、妹の友だちと大親友になるとか）。でも、それはあくまでスタート地点が含まれた変化である。

このことは前にも書いた。

では、なぜ人は恋とか欲によって、それを一気に越えようとするのだろうか。

何回も下町ルール礼賛を書いて申し訳ないのだが、下町では、全員が初対面でも異様に気さくに10年の知己であるようにしゃべるわりには、この輪の距離感を間違えると命に関わる問題だということがしっかり共有されていたように思う。

たとえば祭りがある。祭りの間は祭りの手

伝いがあるので毎日いっしょに過ごす。ぐっと親しくなった気がする。

かといって祭りが終わった翌週いきなり同じように飲みに行ったり家に行ったりはしない。そのへんのさじかげんが、絶妙だったように思う。それを侵した人は、みなに用心されるようになる。その感じが肌でわかるようになると、またふつうに接してもらえる。そんな感じだった。

たとえばエベレストにいっしょに登ったりすると、その人たちがまるで家族以上のチームになるのは容易に想像ができる。

でもそれはあくまで、そのときだけだということを、だからいいのだということを、命をかけた行為であればあるほど、それぞれが自覚しているように思う。

帰国してから街で祝いの会をするだろう。そのときは痛飲して抱き合って泣くかもしれない。でも、毎月その会をしようということにはならないだろう。年に1回とか、だんだんすたれていくとか。

それと同じなのだ、ほんとうは日常だって。

自分はそれを侵したことはないのか？　と考えてみる。

その場を楽しくするために侵した風、線を越えた風のことはしょっちゅうやる。スパイスみたいに。でもそれはあくまでスパイスであり、翌日には香りが消える。それがいいという価値観の人でないと、なかなかむつかしいように思う。

世田谷に越してきてから、「急に家に来て長居する人」がいることにびっくりしたことがある。親しくない人ほど、そうだったりした。

下町では「カギが開いていたら届け物は玄関内に、そうでなかったらドアの外に置いていく」「急に立ち寄った場合は確認の上で滞在は15分ほど」など明文化されていないすごく細かいルールがあった。

しかし大人になったら、そうでない人がいることを初めて知った。

それもまた、急に輪を越えてくる状態と言えそうだ。

そう思うと、人づきあいなんて人生ではなんの役にも立たない、あてのないものではないか？　ということになるが、その通りで、結局人はひとりだ。ひとりで立ち、決めていかなくてはいけない。

逆に、だからこそ物理的に近く、最終的に命に関して助け合える家族というものを作るのだと思う。そこに幻想はありようがないから。

そしてさらに言うと、天使はどこから来るかわからないから面白い。

ほんとうに困ったとき、急に現れてなにかを解決してくれる人がいる。でも、その人はいつもいる人ではない。通りかかったかのような、あるいはそのときだけその場にいる人だったり。そういうこともある。

かと思うと、ふだん全く無関心な家族が全力で味方をしてくれたりする。

輪の距離感は出会ったときにほぼ確定している。でも、助けは流動的に、しかし確実にやってくる。受け取る気さえあれば。

こんなによくできている仕組みを、勝手に

マドレーヌ

力ずくでどうにかしようとするのは、愚かしくも愛おしい人間だけなのだなと思う。

◎よしばな某月某日

自転車のブレーキがおもしろいくらいキーキーいうので、スーパーに行くついでに自転車屋さんに寄って油をさしてもらう。

行くまでの坂道で全員がこちらを振り返ったり耳をふさいだりしていて申し訳ないが、そこはあまりにも急な坂道なので、ブレーキをかけないと最後には車道に突っ込んで死んでしまうかも。

だから爆音でキーキーいわせながら下りていった。

自転車屋さんは今どきなかなかいないクールなプロで、そこで買った自転車であれば無料で空気を入れ、さくっと調整してくれる。

彼は油をさしながら「これで直らなかったら、いっそベルがわりにすればいい」と言った。斬新すぎる。それにそれならさっきもうたっぷりしたし。

無料なのでお礼にきびだんごを差し入れた。

まるで桃太郎。

でもこの斬新な意見に笑えて、てきとうで、ゆるくて、名前も知らないような人間関係がいちばんいいなと思う。


ちょっとだけ見張りがついたほんの少し介護寄りのマンションというのが最近ある。人が常駐してなくてモニターだけだから全く頼りにならないし、うちのおじいちゃんまで動けない人にはちょっとケアが足りないかなという感じだけれど。

でも、昔なら放っておいても近所の人が勝手に見張っていてくれたんだから、もうそんな平和な時代は終わったということだねと思う。

その代わり、こんな感じでもしペット可なら、ネットがますます便利になっていくであろうこの時代、自分もいつかそういうところに入ってもいいなと思った。そのくらいよくできている。トイレへのアクセスとか、適度な広さとか。

施設に入って、まだ寝ていたい時間に起こされて薬を飲まされたり、踊ったり体操したりしなくていいし。

１００歳のミヨさんがまだ90代のとき、「踊ったり歌ったりバカみたいねと思いながらやるんだけど、やってみると腕がよく動くようになったりして、案外よかった」と言っていたが、また、同じく半分施設みたいなところに入ったみどりお母さんが「毎日何かしら催しがあるのよ、行きたくなければ行かなくていいの、ひまだったら行くんだけど。今日はギターだったかな。でもね、みんな、ただで来る人だから、へったくそよ〜」と言っていたが、こういうのって最大の皮肉だなと思う。

できることなら認知症になって拘束されたり、スプーンでとろみ食をむりやり詰め込まれるごはんの時間を経験しないで死にたいものだけれど、それればっかりはなんとも言えない。できることは今のうちに体を気遣ってあげることくらいだなと思う。

そう思うと、CS60の西村先生の「寝たきり老人をなくしたい」という願いは、日本人の心がこのまま死なないためには最適の考えだなと思う。

竹富島の道

家庭料理は薬

◎今日のひとこと

このいろいろ平等な時代に、性差についてはなかなか大声で言いにくいことなのですが、料理って本来化学数学の世界で、しかもプロっていうのは同じ味を何回も作れなくてはいけないものなので、なんとなく男性向きのお仕事なのではないか？　と思うのです。

道場六三郎さんがご自宅ではごはんをめったに作らないとおっしゃっていた番組を観たことがあります。

自宅では奥様のなんていうことない、ただ炒めたり煮たり焼いたりしたものが食べたい

ソーキそば

というシェフは多いみたいです。

うちの元秘書も、シェフであるご主人のことを「手のかかるすごくおいしいタンシチューを作ったんだけれどちっとも喜んでくれなくて、肉じゃがとかカレーとか喜ぶんですよ、その上ガリガリ君ばっかり食べてて」と言っていたけれど、わかる気がするのです。

家庭料理とプロの料理って別物です。

私の姉のように家庭料理のプロというのもいて境目はすごくわかりにくいんだけれど、姉も文系ではなく理系なので、いつも正確に同じ味のものを作ります。調味料を量ったりはしていないんだけれど、火の通し方などいろいろなことが綿密なのでしょう。

私は揚げ物もできないし、凝ったものはひとつも作れません。でもおいしい米とそこそこ新鮮な材料があれば、「悲しくない」晩ごはんは作れます。

毎日食べるものって、それでいいのかなと思います。

これほどの外食好きの私でも、外国で毎日外で食べていると、なんでもいいからシンプルなものが食べたいなと思いますからね。

それで私は、そこがイタリアだったらトマトソースのパスタを、インドネシアだったらナシチャンプル（定食みたいにいろいろ決まったものがごはんに載ってる）を、韓国だったらソルロンタンを食べるわけで、その国の「ごはんとお味噌汁」に当たるものって確実にあるなと思うのです。

韓国ドラマに出てくる夜中の鍋ラーメンが、どんな王宮料理よりもおいしそうだったり、時代劇の江戸時代の茶屋のお団子が輝いて見えたり、そんな気持ちもまた味のうちなんだと思いますし。

母の作った薄味のチキンライスや、父の作ったほとんどバターでできている卵焼きや、よく泊めてもらったおうちのみどりお母さんの作った昆布とベーコンがいっぺんに入ったスープや。

自分では決して再現できないけれど、この胸に残っている体にしみた味。そういうのが家庭料理の意味なのかも、と思います。

ポーク

◎どくだみちゃん
フェイク

「ハワイアンの集いなので、カルーアポークを子豚1頭の丸焼きから作って、頭も添えてお出ししたら、残酷だと怖がる人ばかりでものすごく不評だったんです、ほんとうにハワイの文化を愛したり理解しているのでしょうか？」

という話を知り合いのレストランオーナーから聞いたことがある。

怖がる前に、いやがる前に、自分の踊っている踊りがどういう環境から生まれたか理解したいという気持ちは生まれなかったのだろうか？

私の目には、ルーツが見えるそういう料理よりもずっと残酷で、食べることが悲しくなる光景がスーパーに行くたびにいつも映っている。

なんとかかんとかのなんとか卵で作ったなんとか丼だとか、なんとか鶏をパリッと揚げて一瞬で凍らせた冷凍食品だとか、すでにタレに浸かってパックされている肉だとか。

それらを作っている会社の人たち、パートの人たちがどんなにいっしょうけんめいだし、人に喜んでもらいたいと思っているかをよく知っている。それに便利だし、へとへとで帰ってきた独身ひとり暮らしの人たちや歩くのがやっとのお年寄りをどんなに救っているかもわかっている。

知っている上で、思うのだ。

ものすごく甘辛だったり、油でしっとりしていたりするそれらは、味もそうだが、元の形を思い出せないほど全てが変化してしまっている。

そうしたものが体に入ってくると、体が「これはなんだ？」と思う、そんな気がする。

機内食の軽食で出てくる、むちゃくちゃ熱くて紙のパックに入ったチーズとハムだけのしょっぱいホットサンドみたいな奴になにかしらニュアンスが似ている。

肉の味はもはやしないけど肉だとか、野菜がなにかの液に浸かっているからパリッとしてるけれど、味がなくてドレッシングの味だけだとか。体は混乱するだろう。

目玉焼きじゃだめなの？　と思う。フライパンのまま、テーブルに出してもいいから。蒸したキャベツに酢と塩とかじゃ、薄いの？　と。

ただ蒸したさつまいもにバターをつけるのは？

台湾や中国やインドネシアの路地裏の市場では、びっくりするほど安い値段で、捌きたての鶏肉の各部位とか、畑から引っこ抜いてきた野菜とかを見る。

お金がふんだんにない人の特権は、新鮮礼賛、こちらであってほしい。

よれよれのお年寄りに、濃い味のお弁当し

サーターアンダギー

か選択肢がないのではない世界が日本にもあったらいいのにと何回も書いたけれど、思う。

それに比べて、カップ麺とか冷凍、冷蔵麺の凄まじい進化ぶりってなんなの？　と思う。ラーメン屋よりもおいしいし、麺がしこしこしていて生麺以上。

日本っていったいどんな国？　謎すぎる。

◎ふしばな

お惣菜

添加物がどうとか、味が濃いとか、そんなことを中心に語りたいわけではなく、なぜにお惣菜ってあんなに飽きる味なんだろう？と思う。

味が甘すぎるというのはありそうだ。砂糖と油をふんだんに使ったらたいていはおいしくなるからか。

私も忙しいときがあり、ほんとうは冷凍の肉を使いたくないし、しなびた野菜で作るスープや味噌汁はいやなんだけれどどうにも買い物に行くひまがなかったりして、困ることがある。

なので宅配のお惣菜（餃子とか、漬け丼の素だとか）を常備して一品増やしてみるんだけれど、申し訳ないけどおいしかったためしがなく、一品増やさなければよかったと思うのが常で、すっかりやめた。

あの、さほどおいしくなく量もない一品って、ボディブローで効いてくる、人生の楽しみを奪うものなのだ。

むしろカップ麺のほうが生き生き食べられる。ほんとうに不思議。

健康上の観点からではなく、コンビニのお弁当&ペットボトルのお茶をさっと食べて寝る毎日を送っていると、栄養が足りなくて頭が回らなくなる、実感としてそう思う。

そして、時代のマジックというのもどうにもならないレベルであるように思う。

92歳のおじいちゃんに、てきとうおかずを作って差し入れたりしているのだが、そこに添えるお菓子は六花亭とかトラピストクッキーとか信玄餅とか、老舗の名品だけではなぜかだめなのだ。

スーパーで売っている大福とかみたらし団子とかシベリアとか、懐かしくてちょっと味が濃いめで甘めのものたち、それが彼の歴史にぴったりフィットするのだ。

あんまり多くてもいけないので、割合は少なめに、そういうものをおまけにつける。

スーパーのレジの近くにそういうお菓子がやたらに置いてあるわけがよくわかる。

普通に考えて、おじいちゃんが自分の手で食べものを自分の口に持っていって味わい、好きとか嫌いとか言える時間はもうものすごくたくさんあるわけではない。

だからこそ、楽しんでほしいなと思うのだ。

私の父が亡くなる3ヶ月前に姉の作ったコロッケを4個も食べていたように。

あれにはびっくりしたし、これだけ食べるならまだまだいけると思っていたのに死んじゃったのにもびっくりしたし、この話を[*44]こえ千恵ちゃんにしていたら、[*45]キャプテンズドーナツ（おばちゃんがいいだけあって、すっごくおいしい）のおばちゃんがプッと笑ったのにもびっくりした。

コーヒータイム

◎よしばな某月某日

「サイコマジック」[*46]の試写会に行ったら、満席。コロナをものともしないホドロフスキー好きたちにすでに癒される。

そしてとなりにプリミ恥部[*47]さんがやってきたときの驚き。

試写会は6回くらいあるから、やっぱりすごい偶然。ホドロフスキーさんの息子さんの奥さんを宇宙マッサージして、よく理解してもらえたとのこと。

そりゃあ、そうでしょう！

映画に映る前提でバンバン裸になれるかどうかはともかくとして、人間の苦しみというのは万国共通で、人はみな同じなんだなと思う映画だった。そして人間を苦しめているのは家族というものなのだなと。

不朽の名作「残酷な神が支配する」[*48]に描かれている通りだ。

ホドロフスキーの、人に敬意を持ち、全くエロくなく触れる感じはプリミさんと同じだなと思った。

画面と横から強烈な宇宙癒しエネルギーを

浴びたような。

帰宅してまみちゃんに「私はあそこまで人間を愛せない、ついアラを探してしまう」と感想を言ったら、「あれは男性にしかできないことだと思う」といつもながら的確すぎる言葉が返ってきた。太宰治が父に言ったという、「男の本質はマザーシップ」というのはほんとうだと思う。

近所のサンカツに犬を連れてじーちゃんのビールを買いに行く。

おばちゃん（テラスハウスにも出ていた名物おばちゃん）にビールを取ってきてもらい、犬を抱っこしたままレジをするという近所ならではの温かくかつゆるい買い物。

おばちゃん「おじいちゃんこっちに来たんですって？　あなたは絶対手を出しすぎたらダメよ。仕事ができなくなっちゃうからね。年寄りってずるいからね〜、やってあげたらすぐあたりまえになっちゃう、絶対ダメよ」

天使のアドバイスだと思いつつ、「忙しすぎてできません！　そもそも自分の家と会社でいつも精一杯です。まあお弁当作るくらいかな」と言ったら、「それだって大変よ、ダメ」と言われる。すごいなあ。そして確実に70は超えているおばちゃんの言う年寄りっていったい何歳から。でも、おばちゃんはいろんなことをあたりまえにしないからこそ、近所の人たちを救う、名物なんだろうなあ。

竹富島の名がわからない花

センサー

◎今日のひとこと

いっしょにサロンもどきをしているうえまみちゃんと撮影で某神社に行きました。

ば「あっちの社にも行ってみる？」

ま「う〜ん、やめとく。ここが痛いから。そういうところに行こうとすると、いつもここが痛くなる」

と言って彼女が指差したのは、左肩の真ん中。意外！

それは私だったら左のこめかみの少し上とおでこなんです。でも、同じような感覚なんだろうなと思います。

こうして、人それぞれその部位は違うんだ

ブーゲンビリア

ろうなあと思いました。

だいじなのは、行かないほうがいい場所に近づいたとき、自分のどこがどうなるかを知っていることなのです。それが最重要のことなのです。


私はチョコレートが大好きなのですが、食べすぎるとケロイドがチクチクっと痛みます。

その度合いはかなり微妙で、だいたい数値化できるのですが（ブラックチョコレートなら6個、ミルクなら5個、みたいに）、日によるところもあるので、かっちりと決まっているわけではありません。感覚としか言いようがなく、それをちょっとでも超えると痛み出すポイントがあるのです。

文章もだいたい10000字を超えると「ちょっと感覚が鈍ってるな、もうやめておこう」というポイントが来るのですが、それを超えて書くと結局自分の基準でその部分がボツになることが多いです。体調や時間帯によって数千字程度ばらつきがあるのですが、やっぱり明確に線があるのです。

コーヒーやチーズにもそういった線がありますし、お酒にはもっとはっきりとあります。お酒の場合は、ペースが速いと早くに限界が来るので、見極めて水や烏龍茶をはさむと全く酔いませんし、残りません。

「いやだそんなの、なにもかも手放しでどんどんいきたい、リラックスできないじゃない！」っていう気持ちと、この「超えないほうが快適な線を、自ら超えないこと」は、決して相反するものではありません。

また、「体のためにチョコレートもコーヒーもチーズも酒も一切摂らない！」と決めてしまうのも、体にとっては摂りすぎと同じくらいに大ざっぱすぎてよくない感じがリアルにします。

　超えないほうがいい線すれすれを、ちゃんと飛行するのがいちばん肝心。

「いつも超えていたら心身はどうなってしまうか」も、自明のことのように思います。

　だから、個々のセンサーがいちばんだいじなのです。

竹富島のカフェからの景色

◎どくだみちゃん

昭和の街

人が少ない東京は、昭和の時代みたい。

デパートも道も、このくらいの空き方だった、そう思う。

　空がよく見えるのは、工場が稼働していないから空気がきれいなのもある。

　春の匂いもちゃんとする。この20年くらい、東京で嗅いでいなかった匂いだ。

　人が多すぎるって、そういうことだったんだ、と思った。

今思うと、子どもの頃は活き活きと細胞が新鮮だからいろんな匂いをより感じていたのではない。実際にしていたのだ。

春の甘い匂い、夏の葉の匂い、秋の枯葉の匂い、冬の氷が混じっているような冷たい空気の匂い。朝の匂い、夜が来るときの匂い。

どんよりしたグレーの匂いしかしなくなったのは、ほんとうに空気が汚染されていたからで、自分が大人になって鈍くなったからではなかったのだ。

人と人との距離が1メートルくらいあると、心にも余裕が出てくる。

銀行や駅やスーパーのレジで並んでいるときにぐいぐいと押してくるような、「おまえ、近すぎだろう」みたいな、生命の本質に相反した鈍い人がいなくなると、生命体として安心する。

出かけないせいか、家の中で時間をちゃんと過ごしているせいか、人の顔が日々生活をしている顔になっている。

加速するいっぽうのものは、必ずいつか減速する。

このような形でそうなったのは悲しいことだが、減速は必須だったのでしかたがない。

だれも死にたくなくて必死な反面、人ってきっとこんなふうに空気を嗅ぎたかったんだ、自分の周りに空間がほしかったんだ、先のことなんてわからないと思い知りたかったんだ、そんな感じがする。

だれだっていつか死ぬ。体がもう機能しなくなってきたな、ということを日々実感しな

ハイビスカス

がら。
　そのときをどう迎えるかを自分で決めることができないのは確かに恐怖ではある。
　だからこそ、歳が上だった人たちが見せてくれたいろんな形を、自分の中に入れておきたい。こうなりたいという理想をケチに追いかけるのではなく、ただ優しくふんわりと貯めておこう。
　謎解きはあとでやってくる。楽しくないかもしれないが、謎解きには変わりない。

◎ふしばな
生活の実験

　小さな実験をするのが好きで（『今日は全身青でいこう』とか『この洗剤に変えたらほんとうに柔軟剤はいらないのかな』とか『カレーのセロリを増量するとどんな感じかなとか』）、それだけが暮らしの中での生きがいと言えるほどだ。

　洗濯物も「全員の靴下だけ先に洗う」とか「人別に洗う」とか「色別に洗う」とか、日々いろいろな実験をしている。

全部最適になる頃に新製品とかライフスタイルの変化が訪れるので、終わることのない旅だと思う。

最近気づいたのは「ビールでも飲むか」というときの、80％はノンアルビール（ただし添加物が入ってないやつ）でよかったんだ、ということ。

これまでに注いだビール代を返してと言いたいほどの衝撃だった。

今の時代はどうだか知らないが、我々の年代では、18歳くらいに化粧品の会社が主催しているお化粧の無料講座みたいなものが学校であった。参加するとサンプルなんかくれたりして、ようするにこれからのメイク世代を取り込む企業の営業である。

化粧水、クリーム、下地、ファンデーションの順番で塗ります、みたいな。

嘘に決まってんだろ、買わせすぎだろ、と思っていたので全く守っていなかった。

あれをみっちりやると肌に独特な厚みが出るし。

それでもやっぱり気持ちも上げたくて、長い期間、いろいろなものをためした。最高に高かったのはドゥ・ラ・メール[*49]！　高すぎてすぐあきらめた。期間はれんげ化粧水がもっとも長かったかなあ。

さて、数ヶ月くらい、花粉症とコロナの影響で毎日マスクをするので、ファンデーションを塗らなくなった。粉さえもはたかない。

そしてしばらくそんなふうに暮らしてUVクリーム的なものを塗ると、肌が「苦しい」と言うのである。それは確かな感覚だった。

それはちょうど、ＴＶに出るためにばっちりと、強いライトで映えるマットなヘアメイクをしたときのような、「一刻も早く落としてくだせえ！」と肌が言っている、あの気持ちと同じなのだ。

ううむ、と思い、めんどうくさいのもあり、[*50]「ワンダァオイル快」のみたっぷりと塗り、しみそばかすのところだけ軽くコンシーラーを指で塗って、バリバリ出かけているが、なんということでしょう、人生でいちばん肌の調子がいい。そういうわけで酒が減っているのももちろん影響しているだろうが、とにかくなにもしないに勝るものはなかった。多少黒くはなるが、安定したムラのない、油焼けではない黒さである。

いったいなんなんだ！　これまでに注いだ……以下略。

やはり肌の言うことがいちばん正しい、そういうことになる。センサーは常にそこにある。頭でねじまげるのは自分だけなのだ。

竹富島の石垣

◎よしばな某月某日

子どもの日記がなぜか私の本棚の中から出てきた。引っ越しでまぎれたのだろう。

2011~2014と書いてある。

ということは、7歳くらいから4年間か……と思って中を見たら、日記はたった2日分。

2011年の11月、「はれ　今日はママが出かけるときに、『あとでね』って言えた！！！」って書いてあり、かわいいな~と思ったら、次は2014年の12月「今は晴れおひさ~！　久しぶりに日記を見た。なつかしかったです」で終わり。

この独特のてきと~さ、全くキャラが変わってない！　人間って結局変わらないということがいっそうよくわかった。

生まれて初めて離婚の証人になる。急遽日程が決まって、しかもコロナの影響で近所の人に限られ、他に受けてくれる人がいなかったようだ。

印鑑証明もいらないし、住民票もいらない。でもどきどきした。

「手みやげを持ってこようかと思ったんですが、手みやげっていうのもなんか違うなと思って」とその人は言っていたが、確かに。

書類に印鑑を押し合って、抱き合って別れたら、なんだか自分が離婚したような気分が残った。

スーパーでレジの人が研修中で、前の人のものを入れ忘れたり打ち間違えたりしてる。私はちょっと複雑な買い物券を使ったので、うまくいくかドキドキした。しかしそこに関門は意外になく、エコ保冷バッグのレジ番号がわからないという問題で結局ベテランが出てきた。

そして家に帰ると豆腐だけがない。冷蔵庫に入れちゃったっけ？　とか玄関に置いてないかなとか、あちこち見るも、ない。

途中で落とすというのは考えにくいので、電話して聞いてみる。研修生がいる期間あるあるなのだろう、副店長がすぐに対応して、とにかくレシートを持っていけば売ってくれるか返金してくれると言われて、いいスーパーだと思った。

しかし翌朝冷蔵庫を見ると、ど真ん中に豆腐が置いてある。夫からメッセージがあり「門のところに落ちてた」と書いてある。すつごく恥ずかしいけど、スーパーに電話する。

「豆腐が発見されました、ごめんなさい」

「どこにあったんですか？」「一晩、地面というか、ほぼ道に。通りかかった夫が発見しました」「それは残念でしたね」「いえ、ほんとうにごめんなさい」

そんなやりとりの後に、その豆腐をしっかり豚汁に入れて食べる。多分大丈夫だろう、まだうっすら寒いし。

林のようなハイビスカス

ロック魂

◎今日のひとこと

そんなものは持っていてもなんの役にも立たず、むしろ生きていく上でマイナスになりかねなく、ましてや女性の場合モテなくなるという弊害まであるのに、どうしても捨てられないのがロック魂です。

ロックと共に生まれ、死んでいく、私はそもそもそんな世代なのでしょう。

自分が日和ったり、大嫌いなのに忖度して好きと思い込もうとしてみたり、ちょっと多くもらえるかもしれないと思って言いたいことを言わないでみたり、そんなことをしそう

ノニ

になったときに体の奥底から湧き上がってくる、「やってらんね〜よ」という声。

それといっしょに生きると、決して得はしないし、お金も入って来にくくなるし、すぐ炎上するし、エネルギーの消耗が激しい。

でも、死ぬとき清々しく死ねるんだろうな、そう思います。

そのこと以外、あとは作品のクオリティを落とさないこと以外、ただ周りの人を愛し誠実に生きる以外、いったい人生に何があるのか、わからないのです、よく考えてみたら。

子どもはかっこつけることで、しかたなくだんだん大人になります。

大人は子どもの心を取り戻すことで人生がよみがえります。

あのですね、私だって子どもではないので、知っています。

世の中のしくみ。お金がどう回っているか。政治家と企業はどうやってタッグを組んでいるか。権力とはなにか。裏でどんな規模の賭けギャンブルが行われているか。

私たちはしょせんその状況での羊です。お金を上納して、この社会になんとかいさせてもらっているだけです。陰謀論ではなく、ごく普通の事実です。

その枠の中でいかに自由でいようとするかだけが、一般の庶民のキモです。

竹富島では、島に入ることで入島料という少額のお金がかかるのです。環境保全のためのお金です。任意ではありますが、かなり強い力で払うことを期待されています。

ふつうは「半強制的に？　ちょっといやだ

な」と思うのに、私は行きに払いそびれて帰りに払ったからか、ますます抵抗はありませんでした。素直にすばらしい仕組みだなと思ったのです。また、だれもがきっと旅の帰りになら、形式としてではなく、いっそう快く払うだろうと思いました。この島を守るためになにかがしたいと思うから、ゴミを捨てたり海にUVクリームをべたべたに塗って入ったりしないのです。ハイビスカスとブーゲンビリアがきれいだからって切って部屋に飾ったりしないのです。

高い建物がなく、アスファルトじゃない道を牛車とすれちがいながらちんたら歩くことを、大切で貴重な自然と御嶽《おん》を守る、それだけではないのです。

美しく気高い顔をした竹富島の人たちの心を守りたくなるのです。

島の外から来た人たちに接するオープンかつきっぱりと線を引いた真に知的な人たちの。

人が人の心を守りたいと思うってそういうことなんだなと思いました。

島の伊勢丹と呼ばれている雑貨店で、シーサーと島胡椒をいくつか買ったら、おばぁはじゃがりこと黒糖をくれました。買った分よりも多いじゃないのと私たちは笑いました。いいから持っていきなさいとおばぁは笑いました。

前は大半の人がこんな感じにシンプルだったのになと思いました。もちろんそうでない人もいたけれど、少なくとも「社会の迷惑だから」とちゃんと理屈をつけて勝手に他人の子を大量に殺したりする人は少なかったような気がします。

ノニの実

あんな短時間に19人も殺害するなんて、そのことができる人があんな仕事についていたこと自体があらゆる角度からすごすぎます。

そんな適材適所でないことが起こりうる世界の中で、どう存在したいか。

そんなことを頭で考えるより、ただ自分が自分に対して気持ち悪くないように生きる、それがいいなと思いました。

◎どくだみちゃん
こんなでたらめな国をさよならしたい

あたりさわりのないことだけどんどんしていって、クオリティさえ高く保っていれば、簡単に人脈ができて、国とか大企業の仕事ができるようになるのだな、とある時期に気づいた。コンペのようで紹介制っていうか。

単発でのお仕事やヒットは別として、ある意味国家公務員のような安定感というか、そこに属してしまえば、なにも見ない聞かないようにしなくちゃいけない。

人に見られて困ることも一切できない。

でもまあ、そんなことは社会人としてわりと普通のことだし、怖いくらい透明な経理で脱税もしてないというかできないし、もういい年齢だし、そろそろそういうのもいいな……などと思うたびに。

心の中の清志郎[*51]……じゃなくてゼリーさんが出てきて、「タイマーズのテーマ」を歌い始めるのである。

多分もうしないことだとは思うのだが、酔いつぶれて道でゴロゴロ寝たり、うっかりラジオで四文字言葉を言ってしまったり、だれもいない夜道で大声で歌ったり、夫以外の異性と手をつないでスキップしたり、酔っ払って女の子のほっぺたにチューしたり、道端で大騒ぎしてスカートをめくりあったり、うっかりひとりじめしてなにかを全部食べちゃってぺこぺこあやまったり、服のまま夜の海に入って泳いでしまったり。

そんなことがもうできなくなるくらいなら、いや、「できなくなる」「禁止です」というのが決定するくらいなら、やっぱりお金や名声は少なくていいかも。

損だし社会的地位もえられないのに、素直にそう思ってしまうのである。

あ、でもヒルズのトイレで1万円払って自分を好きな女とやるっていうのは、子ども心でもロック魂でもないから、禁止されてもいい、私は。そこには他の命を尊重するかしないかの大きな違いがある。

竹富島の織物

◎ふしばな
インチキおやじズ

かつて「噂の眞相」という雑誌があった。

私もいろんな形で登場した。

男とつきあいたいからと高野山で呪いの行脚をしていたり（そもそも高野山ってそんなことをする場所でしたか？　恐山と間違ってない？）、彼氏が昼間パチンコをしている写真が出たり、謎の治療をしているらしい夫が施術しているところを隠し撮りされたり、婚約者の給与明細が出たり、むちゃくちゃだった。

　いったい私はどんな人生を送っていると思われていたのだろう。

　家でする仕事なんだから、地味に決まっているのに。

　でも、いちばん印象深かったのは、宮本輝先生と佐久間良子さんが裸同然で点描の絵になってトップに載っていたとき、「ほんとうだったらどんなにいいだろう」と輝先生がおっしゃっていたことだ（笑）。

とにかくある種の偽ジャーナリスト的なそんなおじさまたちに、嫌われているのはわかっていた。ゴールデン街では常に怒られてたし。

君が俵万智だったら許すんだけどっていうのも彼らからよく聞いたけど、それってセクハラとかモラハラとか全てを超えすぎてないか（笑）？

嫌われたまま編集長が沖縄に行ってしまい最終的に死んだので、「地獄に落ちてないといいけど、嫌いなのはまあしかたないよね」と思った。

きっと彼らの中の私は、女なのに彼らよりも稼いでいて、親（そういうケースのたいていの場合、私の親も嫌われていました）の七光りで、甘っちょろい発言を繰り返しては傲慢な生き方を繰り広げていて、大した作品も書いてないのになぜかファンが多く、勝気で、インチキな、デブのブスなのだろう。

それも別にいい。自分に関係ない人に嫌われるなんてなんでもない。一晩明けたら忘れてしまうだろう。

子どもに「あとでラーメン作って」と言われてうっかり寝てしまい、作ってあげられなかったときの苦痛のほうが上だ。

問題は、ジャーナリズムとか反権力をになっているのなら、どうしてこんな小娘……いや、大じいさんか……の動向が気になるのだろうということだ。権力側にいたことは一度もないような気がする。親に至っては昔逮捕されていたし！　逮捕されておじいちゃんが迎えに行ってたし。

同じタイプの誤解をされるたびに、私の頭の中のすぐ空にしてしまうゴミ箱の中の、

「噂の眞相」というフォルダにそれはあっという間に分別されて、あっという間に消える。跡形もなく。

インチキ野郎たちのインチキめがねで見た私は、少しも私ではないから、気にならない。デブでそこそこブスというところ以外、なにひとつかぶってない評価。

それは人生が楽しいから、いつもいろんなことがありがたくて感謝してばかりいるから、世界は奇跡でいっぱいだと思っているからだと思う。

リスクを負わないそのおやじたちの私に対する批評は、なにかを決めきれずそこに全身で邁進できない自分に対する不満を表す鏡なのだろう。

どうかいつまでも鏡を見ていてくれ。

バナナの木もある

私はわき目もふらずにただひたすら書きまくって死んでいく。幸せだ、そう思う。

この幸せだけは、誰にも奪えない。

◎よしばな某月某日

若き日の私が生意気そうに、わかったふうな人に見えてしまったのは自分でもよくわかる。でも自分なりに考え抜いて実際特定のジャンルに関してだけはある程度のことがわかっていたのだから仕方ない。わかっていたことがやっとこの年齢になって説得力を持ってきただけなのだ。

のんきな気持ちでノンアルビールなど飲みながらおせんべいをかじり、大好きな雑誌を読んでいた。

するととんでもない小説が載っていたのでふきだしてしまった。

若き日の私に偽物がいて、その偽物が私の名を語ってビジネスホテルに勝手に缶詰になり、出版社に金品を要求し、私の語っていたことをみんなそのまま語っているという内容の小説だった。しかも書いているのはなんと知り合い。

結論が「やっぱり偽物は偽物、ほんものとは違うね」という話であれば百歩譲ってまだいいんだけれど、その偽物が語る私（内容はほぼ丸々私のインタビューから無断転載、もちろんこれ犯罪、ラップ？）の発言の内容に、主人公（多分モデルは知り合い本人）がなんとなく批判的なのである。これはあんまりだと思って一応抗議したけど、なんのリアクションもない。そんなのが通じるようならそんな小説書いてないよな！

偽物を描くというていで、若き日の私への批判を語る、私の名前は出てこない。それなら名誉毀損ではない（なにせ偽物だから）し、法的に問題ない（ほんとうはインタビューの丸写しはかなり微妙でこちらが勝訴することもある）と思っている確信犯である。さすが業界人だ。

30年以上、なにを言われても小説を書いてきた。それ以外に私にできることはない。それでもそんな勘違いした思いを私に抱いている人がまだ業界にいることに「すっげえな！」と思った。業界の、ほんものの文化文学関係のおじさんたちはおおむね今や「なんだかわからないけど人気も根性もあるし、すでにおばあさん（実はおじいさん）だし、バカかと思えばときどき得体が知れない鋭さを見せるし、めんどうだから見て見ぬふりをしておこう」というところに落ち着いてると思っていたのに（それもどうかと思うが）！

ぱっと出てきた24歳、文法も合ってないし文学の系譜にもそぐわないのに爆発的に売れてるっていうのをいやだと思った人が多いのはよくわかる。その頃、尊敬していた久世光彦先生に丸々1冊批判の本を出されたときも落ち込んだが、目上の人にアンチがいるのは若い人にとって最高の名誉だからと、そしてそれに応じるにはひたすら書けばいいだけなんだからと思い、久世先生や中野翠さんの批判からはすぐ立ち直れた。いちばんいやだったのは、その本を出した出版社が自分がよく本を出す、知り合いがやっている小さな出版社だったことだ。最終的に私への印税未払いで潰れたのもムカつくが。

今回も、もちろん会ったこともあり何回も

（しかも先方の依頼で！）仕事をいっしょにした人のしたことだから、同じくらいいやだった。

私はこの仕事についてから一度もぎりぎりになって缶詰になったことはない。もちろん締め切りに遅れたことも一度もない。苦しいときに前借りはしたことがあるけれど、出版が決まった本の印税を数ヶ月前の納税期にお願いしただけだ。決して「取材費が必要だから、前倒しで金をくれ」なんて言ったことはない。いくら偽物のすることとはいえ、ほんものにそういうところがあると少しでも誤解されたらすごく気持ちが悪い。

その人の仕事自体は大好きだったが、もう一切縁を切ろう、いい仕事だから批判されていようとも関わっていたいというスケベ心を出さずに、と決めた。

つきあっていたら、私の小説がかわいそうだからだ。

そして静かに、小さい声で思った。

「ヘソ噛んで死ね！」

このくらいは、許されるだろうと思います！

でも、私の「ヘソ噛んで死ね」はこわいよ〜！　↑負け惜しみ

ポスト(現役!)

急に変わることもある

◎今日のひとこと

義理のお父さん（籍が入ってないから赤の他人なんだけど）が近所に来たのは嬉しいのですが、はたと気づいてみたらもう18年もの間、おおよそ月1で通っていた場所、お父さんの家に行かなくなるのです。

信じられないのです。こういうものなんだな、人生って。そう思いました。コロナ的なものと同じく、きっと変化はなんだって急なんです。

何回も行ったいろんな温泉だとか、蜂に刺されたあの庭先だとか、いつも立ち寄った

竹富島のビーチ

数々のカフェとか、りんどう湖だとか、宮殿みたいなステーキ屋だとか、ほんとうにモンゴルの人がやっている謎のモンゴル料理屋とか、焼肉屋なのになぜか「元祖チキンハウス」[*52]とか（笑）。

まるで自分の故郷のように知っている風景なのに、もう行かないなんて。

「今まであたりまえにできていたことが、ひとつずつ、できなくなっていくのよ」

100歳のミヨおばあちゃんはそう言っていました。

お父さんもきっと今まさに、その道を歩いているのでしょう。

いつか私も通る。どんなふうに通るのか、どう思うのか。

自分のケースをきちんと書き残せたらな、と思います。

急に終わることがこんなにも起こりうるのだと、私は幼い頃映画館で「ゾンビ」[*53]を観たとき、まさに骨身にしみてしまったのです。

みんなはホラー映画とばかにして、あんなことは決して起きないよと言いました。

でも、今の時代、全くあの映画と同じことが起こっているのです。

スタジオではずっと意味のない対策の討論がくりひろげられ、街では弱者がどんどん命を失っていく。はしゃいで変に大胆な行動をとる人、ここぞとばかり犯罪を楽しむ人。その中で愛する人を失っても、自分の手で埋葬さえできない人たちがいる。

「あの映画となにも違わないじゃん」と思いました。

やっぱりあれはリアルなことだったんだ、
私は合ってた、と。

海風の中に立つ木

◎どくだみちゃん
香水選びの失敗

お誕生日に、大好きな香水を作るお姉さんにオーダーメイドでいちばん合う香水を作ってもらってあげると友だちに言われたんだけれど、お断りしたことがある。

そこの香水を片っぱしから真剣に試して、いちばん好きな香りがもう決まっていたこともあるんだけれど、

「これがいちばん合う」っていうのを別に知りたくなかったというのもあるんだけれど、

いちばんの理由は、時間があるときに香水のお店で全部試してみることがこの世の時間つぶしのなかでも最高に好きだから。

もちろん全部試したら、お店の人にも悪いし結果を出したいから、いちばん気にいった

のをひとつ買うんだけれど。

　香水って自分の肌の香りと調和して変化するし、トップとミドルとラストとみんな違う香りになる。

　だから、当然失敗する。

　その失敗こそが、最高なのだ。

　あの、花咲き乱れるカプリ島の、透明な乾いた光の中でだけ、生きていた香り。

　東京のじめじめした気候の中ではすっかり死んでしまった。

　妙に華やかすぎるし、重くなった。

　失敗したな。

　そう思いながらも香水をつけると、あの日の光が全身によみがえって満ちてくる。

　楽しみにしている晩ごはんまでのあいだ、1回ホテルに戻ろう。

　でも急ぐ必要はない。

　時間はたっぷりある。

　通りかかった香水屋さんで、いろんな花の香水を試してみよう。

　もうすぐ美しい夕暮れがやってくる。

　人生に一度だけの夕暮れ。

　そして店の外にも店の中と同じくらい、咲き乱れるいろんな花の香りが漂っている。

　あんなことが思い浮かぶ失敗なら、絶対したほうがいい。

　最高にいい失敗だと思う。

猫

◎ふしばな

17年目

その美しい小さなホテルは会津の市内からちょっと離れたところにあって、すぐそばに夢のような美術館がある。

お風呂からはきれいな池が見えて、朝ごはんが遅くまでやっていて、地元のおいしいお米と野菜、生みたての卵を食べることができる。

子どもが言った。

「俺たちもう那須や会津に一生行かないんだね」

多分、そんなことはないと思う。

でも、と思った先の言葉を飲み込んだ。

「じーじといっしょには、もう行けないかもしれないね」

夕方に汗だくになって、子どもとしりとりをしながらぽこぽこ歩いた立ち寄り湯までの道。

おじいちゃんの家では、パパがおじいちゃ

んを治療している。

ひまだからお風呂に行こうと子どもが言うのがいつものコースだった。

高い建物がないその街では、夕焼けが向こうの空から雲の流れといっしょに恐ろしいほどの勢いで迫ってくる。

あんなこともきっともう二度とないんだな。

おじいちゃんをたまには風呂に入れないとね、といろんな宿に行った。

最初は女湯と男湯に、2対2で入っていたのが、

だんだん1対3になり。

私が部屋風呂に入るために内側から鍵をかけてしまったから、

鍵を持って行き忘れた男子たちが寒い廊下で待っていたこともあったな。

その美しいホテルはお酒が飲み放題で、到着してお風呂に入ったら、ラウンジで庭を眺めながらとりあえずビールを飲んだ。

そこに風呂から出てやってくる男3人。

みんな私の大好きな家族。

オレ

みんなも私を大好き。

それは人生でもっとも美しい瞬間のひとつだった。

殿堂入りだ。

◎よしばな某月某日

私のいとこはパンチの効いたシングルマザー（順番は前後するが夫とは死別）で、甥っ子は極端にもの静か。

うちの息子から自分の父親を感じることはないが、甥っ子の不器用な静けさは父を思い出させる。顔も似ている。血筋というものだろう。

父はある種の（私も姉も）発達障害だったのだろうと思う。極端に内気なところがあり、いちど中島みゆきさんの「夜会」に行き、スタッフの方に楽屋に来ませんか？　と言われたとき、走って逃げ出してまるでハードルを飛ぶようにポールを次々倒していったのが忘れられない。先方もあきれてあきらめていた。

いとこと甥っ子と声ちえちゃんと実家で姉の料理を食べていたら、インフルエンザの話になった。

いとこ「この子、去年インフルエンザになってね、ものすごくつらそうだったの。それで近所の病院に行ったら、そこは薬を出さない方針だったのよ。でも名刺に携帯番号を書いてくれて、たいへんなことになったら、夜中でも連絡してくださいっていうのね。で、帰ってきてもまだまだ苦しそうだったのよ。だから言ったの。『ふたつ選択肢があります。ひとつは薬を出してくれる別の先生のところに行くこと。そこにはお母さん行ったことあるんだけど、ものすごくいやな先生で、最低の病院で、二度と行かないって心に誓ったのね。もうひとつは、このまま寝て治す。どっちがいいですか？』って」

　この話の途中でもう私はくすくす笑い出し、甥っ子は静かに苦笑いをしていたのだが、声ちえちゃんが「選択肢なんてねえじゃん」って言ったとき笑いが爆発し私もちえちゃんも涙が出るほどだった。

　家にある清志郎のライブをコツコツと観直していたら、自分にとってもっとも好きな時期の彼というか、思い出深い彼はこの頃だなあと思うチャボさんとの野音のライブを見つけた。全ての瞬間がかっこいい。

　晩年の彼がダメだったということは全くない。どんどん冴えていった。でも、この時の異様なかっこよさは神がかっていると思うのだ。

　このところ、いろんな人に嫌われたり別れたりした、いやな気分が、たった数行の歌と声と姿で消えた。音楽ってすごい。才能を見せてくれてありがとう。死んだ後まで、助けてくれてありがとう。

ぼく　まっぴらだ　もう　まっぴらだ
これからは来ないでくれないか　ぼくもう
まっぴらだよ
うそばっかり　うそばっかり　うそばっかり　うそばっかり
（[*54]『甲州街道はもう秋なのさ』から引用）

　まっぴらという言葉がこれほど生きている

瞬間を見たことがない。しみる。まっぴらなことが多いので。

　私が最後に生きている清志郎を観たのは、どんとさんの祭りで彼が「イマジン」を歌ったとき。お腹の中には10日後に生まれる赤ちゃんがぱんぱんにつまっていた。予定日近いし、行くのやめといたら？　という声をものともせずに行った。連絡の手違いでパスがなくて、入り口でもめていたら「アダン」[*55]の一作さんが「この人は妊婦さんだよ！　俺が責任を取るから通して」とかっこよく言ったのもいい思い出。

　あのとき、うちの子はきっと聴いていたに違いない、清志郎の生声を、お腹の中で。

いっちゃんと「やまもと」のハンバーグ

注釈

＊1　別府倫太郎（P12）　２００２年生まれの作家。著書に『別府倫太郎』（２０１７年　文藝春秋刊）

＊2　バチェラー・ジャパン（P13）　リアル婚活サバイバル番組。Amazon プライム配信

＊3　エル・トポ（P18）　１９７０年のメキシコ映画。アレハンドロ・ホドロフスキー監督

＊4　まつげエクステの担当のお姉さん（P21）　下北沢にあるお店「ラシュシュ」

＊5　町屋良平くん（P49）　小説家。プロボクサーの若者の日常を描いた『1R1分34秒』で第１６０回芥川賞受賞

＊6　兄貴の本（P49）『にぎやかだけど、たったひとりで　人生が変わる、大富豪の33の教え』著者と丸尾孝俊氏の共著

＊7　合田ノブヨさん（P52）　コラージュ作家

＊8　MISSING（P68）　作家としての自らのルーツに迫る長編小説。２０２０年　新潮社刊

＊9　よなよな（P70）「ばな子とまみ子のよなよなの集い」という著者と友人・まみ子が人生について語り合う月一更新の note 連載

＊10　金原ひとみ先生の連載（P74）「新潮」で連載されていた「アンソーシャル ディスタンス」。２０２１年単行本化。谷崎潤一郎賞受賞

＊11　りりちゃん（P74）　エッセイストで小説家の LiLy。『ここからは、オトナのはなし』『ＳＥＸ』など著書多数

＊12　CS60（P79）　西村光久が開発したヒーリングデバイス。https://cs60.com

＊13　オクジャ（P86）　ポン・ジュノ監督脚本のアクション・アドベンチャー映画。「オクジャ」と呼ばれる巨大豚が登場する

＊14　日出処の天子（P90）　聖徳太子と蘇我蝦夷の愛と成長を描いた傑作

＊15　3月のライオン（P90）　将棋を題材とした心温まる漫画作品。「ヤングアニマル」連載中

＊16　野村監督の本（P93）　『野村四録　不惑の書』　２０１８年　セブン&アイ出版

＊17　ウィリアム（P95）　サイキックチャネラーのウィリアム・レーネン。著者との共著に『人生を創る』（２０１１年　ダイヤモンド社刊）がある

＊18　晴れ豆（P95）　代官山にあるイベントスペース「晴れたら空に豆まいて」

＊19　奥平亜美衣さん（P96）　引き寄せの女王。著者との共著に『自分を愛すると夢は叶う』（２０１８年　マキノ出版刊）がある

＊20　忘却のサチコ（P１００）　真面目な文芸誌編集者が婚約者に逃げられ、美味しい料理によって悲しみを忘れる姿を描く。「週刊ビッグコミックスピリッツ」連載中

＊21　まる竹（P１１５）　現在閉店中

＊22　カルタコーヒー（P１２３）　小石川にある珈琲屋。電話番号０３−５６１５−８２０８　https://www.kartacoffee.com

＊23　神田伯剌西爾（P１２４）　神保町にある喫茶店。電話番号０３−３２９１−２０１３　https://k-brazil.jp

＊24　ザ・ハンバーグ（P１２４）　小川町にある洋食屋。電話番号０３−３２９５−３２６７

＊25　タイラミホコ（P１２４）　陶芸作家。高田馬場でギャラリー&カフェ「ロケッティーダ」も営業中

＊26　悪の法則（P131）　クライムサスペンス映画。リドリー・スコット監督
＊27　グープ・ラボ（P137）　幻覚剤セラピーやエネルギー療法などを自ら体験し健康に関する思索を深めるリアリティ番組
＊28　オランダ人のおやじ（P138）「ICE MAN」として世界中に知られるヴィム・ホフ。共著に『ICE MAN　病気にならない体のつくりかた』（2018年　サンマーク出版刊）がある
＊29　明天好好（P152）　中目黒から下北沢に移転したヴィーガン台湾料理屋。https://mingtenghaohao.com
＊30　安保先生（P154）　医学博士。専門は免疫学、医動物学。『人がガンになるたった2つの条件』（2012年　講談社刊）など著書多数
＊31　ワンス・アポン・ア・タイム・イン・ハリウッド（P156）　クエンティン・タランティーノ監督作品　2019年
＊32　アド・アストラ（P160）　スペースアクション映画。ジェームズ・グレイ監督
＊33　ワールド・ウォーZ（P160）　SFアクション映画。マーク・フォスター監督
＊34　シーナさん（P161）　ロックバンド「シーナ&ロケッツ」のボーカリスト
＊35　映像研には手を出すな！（P162）　女子高生によるアニメ制作活動を描く漫画・アニメ作品。大童澄瞳原作。「ビッグコミック月刊！スピリッツ」連載中
＊36　クッキングパパ（P169）　うえやまとちによる大人気料理漫画。「モーニング」連載中
＊37　MARUU（P172）　イラストレーター。http://maruu.illust.jp
＊38　ウレシカ（P172）　西荻窪にあるギャラリー。http://www.uresica.com
＊39　ジュディス・カーペンター（P179）　サイキックヒーラー。『ボディ&ソウルの魔を祓うスピリチュアル完全ブッ

ク　サイキック「超」パワーヒーリング』（2012年　ヒカルランド刊）の著者

＊40　異能戦士（P187）　異能者たちの戦いを描いた学園ギャグコメディ

＊41　FOLLOWERS（P231）　東京で悩み傷つきながら幸せを追う女性たちの物語。2020年

＊42　小池田マヤさんの家政婦さんシリーズ（P245）『颯爽な家政婦さん』ほか

＊43　猫村さん（P246）　ほしよりこによる大人気漫画『きょうの猫村さん』シリーズ。主役は猫の家政婦

＊44　こえ千恵ちゃん（P263）　こえ占い千恵子。http://koeurnaichieko.jp

＊45　キャプテンズドーナツ（P263）　下北沢にある無添加無調整大豆のドーナツ屋。https://captain-d.com

＊46　サイコマジック（P264）　アレハンドロ・ホドロフスキー監督。2019年

＊47　プリミ恥部（P264）　宇宙ラブアーティスト。「宇宙マッサージ」という独自のマッサージを行っている

＊48　残酷な神が支配する（P264）　萩尾望都によるサイコサスペンス。手塚治虫文化賞優秀賞受賞

＊49　ドゥ・ラ・メール（P272）　アメリカのラグジュアリースキンケアブランド

＊50　ワンダァオイル快（P273）　肌に優しいロングセラーの馬油

＊51　タイマーズのテーマ（P281）　忌野清志郎によくにているZERRYが率いる4人組の覆面ロックバンドによる楽曲

＊52　元祖チキンハウス（P290）　栃木県那須塩原にある焼肉屋。https://r.goope.jp/chickenhouse

＊53　ゾンビ（P290）　ジョージ・A・ロメロ監督によるホラー映画

＊54　甲州街道はもう秋なのさ（P296）　忌野清志郎作詞・作曲。1976年

＊55　アダン（P297）　高輪にある沖縄創作料理屋。電話番号03-5444-4507

吉本ばなな「どくだみちゃんとふしばな」購読方法

① note の会員登録を行う（https://note.com/signup）

②登録したメールアドレス宛に送付される、確認 URL にアクセスする

『登録のご案内（メールアドレスの確認）』という件名で、
ご登録いただいたメールアドレスにメールが送られます。

③吉本ばななの note を開く

こちらの画像をスマートフォンの QR コードリーダーで読み取るか
「どくだみちゃんとふしばな　note」で検索してご覧ください。

④メニューの「マガジン」から、「どくだみちゃんとふしばな」を選択

⑤「購読申し込み」ボタンを押す

⑥お支払い方法を選択して、購読を開始する

⑦手続き完了となり、記事の閲覧が可能になります

本書は「ｎｏｔｅ」二〇二〇年二月四日から八月十六日までの連載をまとめた文庫オリジナルです。

ＪＡＳＲＡＣ 出 ２２０８８９３-２０１

さよならの良《よ》さ

どくだみちゃんとふしばな8

吉本《よしもと》ばなな

令和5年2月10日　初版発行

発行人——石原正康
編集人——高部真人
発行所——株式会社幻冬舎
〒151-0051東京都渋谷区千駄ヶ谷4-9-7
電話　03(5411)6222(営業)
　　　03(5411)6211(編集)
公式HP　https://www.gentosha.co.jp/
印刷・製本—中央精版印刷株式会社
装丁者——高橋雅之

幻冬舎文庫

ISBN978-4-344-43274-1　C0195　　よ-2-40